U0039133

# 鬼吹燈 II 之三

## 怒晴湘西（上卷）

天下霸唱 著

高寶書版集團

# 目錄

# 目錄

# 前言

從古到今，若說起強盜賊寇，在世人眼中，歷來個個都是該遭千刀殺、萬刀剮的歹人，乃是極敗壞的惡名。可細論起來，朝臣天子、士農工商，在那三百六十行裡，從上到下，哪一處沒有天良喪盡、用瞞天手段行奸使詐的賊子？大盜竊國、中盜竊義、小盜竊鉤，成王敗寇，只有最末等的才竊金銀。

孰不聞「道不盜，非常盜，盜亦有道，盜不離道」之言，真正在那綠林中結社取利、做分贓聚義勾當的，也向來不乏英雄豪傑，慣做出一些常人難以思量的事業，並非是旁門左道可比。綠林盜中名聲最顯者，莫過「卸嶺群盜」。

卸嶺之輩，或散布天下，或嘯聚山林，敬關帝並尊西楚霸王為祖師，逢有古墓巨塚，便蜂擁而起，眾力發掘，毀屍平丘，搜刮寶貨，毫釐不剩，專仿效昔時「赤眉」義軍的作為。

試看各朝史上，都少不了卸嶺群賊倒斗發塚的祕聞，倘若說將出來，那些驚心動魄、詭異萬分的行蹤，實不遜於「摸金校尉」的事跡。

卸嶺盜墓皆是聚眾行事，盜取古塚，歷涉險阻危厄，並非僅憑矯捷身手與群盜之力。

正所謂盜亦有術，卸嶺之術在於器械，流傳了近兩千年，引出許多冠絕古今的奇事。然天下事物興衰有數，既有其生，就自有其滅。卸嶺力士始於漢代亂世，鼎盛於唐宋，沒落於明清，至民國時期終於銷聲匿跡，就此絕了。

發丘、摸金、搬山、卸嶺，其術不外乎「望」、「聞」、「問」、「切」四訣，四字分八法，各有上下兩道，如「望」之上法，乃為上觀天星、下審地脈；下法觀泥痕、辨草色，其間高下，雖是相去甚遠，卻皆有道，非是尋常藝業可比。常言道「七十二行，盜墓是王」，盜墓古術「四訣八法」之道，皆在本書中。

# 第一章　琉璃廠

人生在世，一舉一動，往往身不由己，「福禍安危由天定，悲歡離合怎自由？」我和Shirley楊受陳教授之託，組了打撈隊去珊瑚螺旋的沉船中，打撈國寶「秦王照骨鏡」，在南海採珠蜑民的協助下，最後死中得脫，總算不負所託，取了古鏡回來。

不料蜑民多玲中了沉船裡下的屍降邪術，正是「三分氣在千般用，一旦無常萬事休」，眼看著再難施救，幸得有人指點，屍降耗散人體生氣，只有古墓裡的「內家肉丹」可救。但內丹為得道之人，藉天地靈氣吐納形煉而成的金丹，自古以來，世上多有求仙煉道的，但能得其法煉出內丹之人，實屬鳳毛麟角，絕不是等閒便能尋到的。

陳教授多少知道些關於「湖南的某處古墓中藏有內丹」之事，也許在湖南可以找到內丹，不過不知那古墓是否早已被盜空了。經他提及，我猛地記起在北京失蹤的算命瞎子來，那瞎子早年間是卸嶺盜魁，曾入湘西倒斗發塚，他定能知道其中根苗，說不定被稱為「湘西屍王」的那具元代殭屍，其體內所結的紫金內丹，早就落在了瞎子的手裡。眼下為了救人，只好尋著這條渺渺茫茫的線索，回到北京，即便是掘地三尺，也要把那算命瞎子給找出來，好歹要查出內丹的下落。

民國年間，湘西軍閥夥同土匪，大舉盜掘古墓，引出了許多聳人的奇聞怪談，其中湘西元代將軍古屍最為著名，至今還有很多關於此事的傳聞。我在潘家園做生意的時候，有好些往返湘黔倒騰古玩的客人都會說起此事。

那些傳言都說，湘西山區裡，在解放前被盜開的那座古墓，其地宮構造之大、形勢之奇、機關之險、墓中寶物之多、屍變之驚……，以及盜墓賊為打開地宮所使出的種種手段，時至今時今日，仍絕對稱得上是「空前絕後」之舉，是以留下許多話頭，使得天下皆知。

不過這些話大多都是來自「馬路消息」、「小道新聞」，對這樁盜墓行內可驚可怖之事，人人都是道聽塗說，一人說的一個樣子，都不盡同。畢竟年代久遠了，不得親眼所見，未必能夠當真，而唯有算命的陳瞎子，當初是盜發湘西古墓的首領，是曾親眼見過那具元代將軍古屍的。

對這件事Shirley楊倒是十分樂觀，她對我說：「多玲的一條命能否留住，全繫在古屍的內丹之上，偏巧咱們識得在湘西盜過內丹的陳老爺子，如果這都不是上帝存在的證明，那我真不知道什麼才是了。」

我對上帝存在不存在，還持有保留意見，多玲的師傅阮黑死前，託我幫多玲找到失散的法國生父，如今在珊瑚廟島調查得知，那個法國人正是倒運古物的富商，此人已同瑪麗仙奴號一同葬身海底，看來這件事我是辦不成了，不過不論有多大困難，我都會竭盡全力想辦法保住多玲的性命。

眾人分了青頭貨之後，明叔帶著古猜和多玲先到香港條件完善的醫院裡暫時治療，像植物人般地維持生命；我和其餘的人返回北京去找陳瞎子；大金牙惦念提前去了美國的年邁老父身體欠佳，他留在國內寢食難安，從珊瑚廟島回去後，隨即也匆匆出了國，做為我們這夥洋插隊的先遣員，先到美國把生意做了起來，自是不在話下。

但在北京尋找陳瞎子的下落並不容易，他行蹤飄忽不定，我們甚至沒辦法確認他是否還在北京市內，只得耐住性子細細尋訪。好在潘家園中有我許多熟人，舊貨市場裡魚龍混雜，形形色色的人往來極多，是個流通消息的上好渠道，一旦有什麼風吹草動的訊息，都免不了要在潘家園傳播出來。

我和胖子除了尋訪陳瞎子之外，還有個重要任務，就是把從珊瑚廟島採來的青頭，作價出售，反正是兩不耽誤，仍舊在舊貨市場裡擺了個攤子，一來接洽生意，二來打探消息。

眼看著過了半月有餘，已快到中國傳統的春節了，我們只好打消了到美國過年的念頭，那時候北京的年味兒濃重，市內還沒禁放煙花爆竹，離除夕尚遠，就能聽見炮仗聲此起彼伏，給本就格外熱鬧的舊貨市場添了幾分雜亂。

現在的潘家園舊貨市場，比我們剛來的時候可又熱鬧多了，這人烏泱烏泱[1]的，一撥接一撥。當然也是由於快過年了，這些天副食店、菜市場裡置辦年貨的人更多，有好多人有扎堆兒[2]的愛好，看舊貨市場裡人頭攢動，便都跟著來湊熱鬧，天氣雖冷，人卻越發多了起來。

最近這一年多來，潘家園舊貨市場也確實是漸漸成了氣候，與當初相比，早已不可同日而語，除了破東爛西和舊貨之外，單是數得著的古董玩器就豐富到了極致。那些個書畫、瓷器、陶器、銅器、古琴、古錢、宣爐、古銅鏡、玉器、古硯、古墨、古書、碑帖、歷代名紙、古代磚瓦、印章、絲繡、景泰藍、漆器、宜興壺、琺瑯件、料器、牙器、竹刻、扇子、木器家具、兵器、名石……堆積如山，站這頭望不見那頭。您就看吧，一天能看十樣，可能一輩子也瞧不完這舊貨市場裡的東西。

不過不同於起源自明末清初的北京琉璃廠，那邊都是「文玩」，而潘家園的路子就野了，東西也雜，這些東西裡面，仿古的「西貝貨[3]」占了九成，想在潘家園裡淘換點真東西，除了要有火眼金睛明辨真偽的眼力之外，大海撈針般的運氣也少不了。

我和胖子名聲在外，自不能與那些倒騰假東西的二道販子相提並論。有些常逛潘家園

1 同「烏壓壓」，形容人群。
2 北京方言，意指群聚聊天。
3 西貝兩字合成「賈」，音諧「假」。

的老主顧，也不知都是從哪聽說的，似乎都知道胡爺和胖爺手裡有明器，那是貨真價實的——從坑裡濾出來的明器，哪怕只是一枚平平無奇的古銅錢，備不住也是摸金校尉從老粽子嘴裡摳出來的「壓口錢」。

我看有好多人一見了我，開口就問我：「有古墓裡盜出來的明器沒有？胡爺您儘管開價，只要是真東西，絕不還價。」

我心想有些日子沒在潘家園露面，大金牙一出國，肯定是把他的主顧都打發到我這來了，可我手中又哪有什麼明器？況且經常接觸此物也是犯禁的勾當，好在從南海所得青頭甚多，青頭和明器在性質上實際是差不多的，只不過一個從土裡來，一個從水裡來，基本上是山裡熊掌和海中魚翅的區別，於是就攛掇買主們，觀看青頭貨色，主要倒騰些青頭裡的古玉。這些玉片、玉璧，都是後來從珊瑚廟島的青頭商人跛武手中批發來的，比先前那套玉人卜龜甲的碎玉還要殘破，所以入價極底，打算先放些出來，看看市面的行情如何。

現在玩收藏的主兒，都覺得玉石行情看漲，但他們只認帶老沁的舊玉，青頭古玉雖是沁色深厚，奈何被海水浸泡年久，玉髓為鹽鹵閉塞，好似裹了一層極重的石灰，就連那些識貨的見了也要搖頭。

正商討價錢之際，有舊貨市場中相熟的人來告知，說是琉璃廠藏珍堂的「喬二爺」請我們過去。我覺得這事有些蹊蹺，那喬二爺在北京琉璃廠好大的名頭，從解放前就經營一間古董店藏珍堂，多少年來從沒走過眼，在他手裡過的古物不計其數，便在潘家園也人人知道他是古玩界的「老元良[4]」。我早有心前去拜訪，卻沒有能夠接洽引見的門路，想不到他竟然請我們過去敘談敘談，不知他葫蘆裡賣的什麼藥？

再細問來人，才知道原來喬二爺聽說我這兒有南海古玉，他平素裡是個專嗜古物的，在北京青頭老玉非常罕見，等閒也難在市面見到，便特意託人通個消息，請我帶著古玉到他家中一坐，看看貨色如何。

我心想總算有識貨的行家了，又有心要去喬二爺家開開眼界，便同胖子匆忙裹了一包行貨，徑直來到琉璃廠東頭的延壽寺街。把著路口頭一間兩層樓的門面，古香古色，頗為不俗，一看黑底金字的招牌，正是藏珍堂老字號。

跟店裡的人說明來意，卻沒上樓，而是直接被送到離那兒很遠的一幢老筒子樓裡，這地方都快到先農壇了。樓內破破爛爛的，樓道裡堆滿了各家的冬煤，還有碼成牆般高的大白菜，喬二爺住慣了此地，上了歲數不願意挪地方，所以平常生活起居都在此處。

只見那喬二爺都快八十了，頭髮掉得一根不剩，一副長長的鬍鬚卻是雪白，而且兩眼珠子賊亮，顯得精神矍爍、老而不朽，見了我們連忙讓坐。有夥計端上茶來，器具精美，茶香濃郁，不過我們胖子喝慣了大碗茶，不懂品茗之道，加之外邊天寒地凍，心中滿是寒意，一盞熱茶一仰脖就喝了個見底，口中讚道：「好茶，不妨再來一碗，最好換大茶缸

4 多用來尊稱同行的老前輩。

子。」

喬二爺撫鬚微笑說：「趕緊讓人給胡爺和胖爺上大碗茶，看喝茶的架式，就知道這兩位都是不拘小節的爽快之人。」

我笑道：「讓二爺見笑了，在潘家園練攤半日，凍得夠嗆。」幾杯茶水喝下去，身體回暖了，這才顧得上打量四周。這老樓的房間中，幾乎沒一樣新東西，老式書櫃裡擺滿了群書古籍，靠外的邊緣則都是白玉、水晶、壽山石，佛像、牙雕、鼻菸壺之類的古玩，顯得本就不大的屋裡滿滿當當。若在這筒子樓外不知底細的，誰又能想像倒騰一輩子古董、明器的喬二爺，會住這麼個不起眼的地方。

但我和胖子見他甘於平凡，心中也多了幾分敬意。雙方寒暄了幾句，喬二爺似乎知道我們是做摸金校尉的，問了我一些北京城裡的風水，讓我說說琉璃廠生意氣象如何。

我多長了個心眼，雖然喬二爺是京裡知名的人物，非是明叔之流可比，但我並不想顯露《十六字陰陽風水祕術》中的精髓，只揀些拜年的話說出來。「北京城水、旱兩條龍，龍脈形勢恰好罩著琉璃廠，正是『車如流水馬如龍，兩條財氣在當中』，在這地方做生意，怕是要數錢數到手軟。」

喬二爺聞言大喜，又要讚嘆一番，胖子發財心切，嫌他老頭嚕嗦，忙不迭地取出青頭，讓喬二爺上眼，看看能給什麼價。喬二爺拿出放大鏡和老花鏡來，反覆看了半天，又在手中把玩了一回，連道：「好玉，好玉啊！真正都是海底千年的古玉，只可惜未曾盤出老色，胡、王兩位老弟，聞你兩人身上的味道，就是常與明器打交道的，當著真人不說假話，就實不相瞞了。在解放前，我喬某人跟你們也是同行，當年不比現在，手裡沒真東西，如何能在琉璃廠做古玩生意？所以我知道，似此老玉，也只有海底古蹟和山中古墓裡才有，世間坊裡的絕無這等成色。」

我和胖子一聽也吃了一驚，想不到喬二爺說話卻是如此通明，原來也是個倒斗的手藝人。他如今住的這幢樓下，就曾有座元大都時留下的古墓，當年喬二爺就是盜掘了此墓，才有本錢在琉璃廠做生意的，他貪圖這古墓附近風水好，捨不得離開此地，後來古墓被剷平起了樓，他仍住在這裡。請我前來，一是想收青頭，二是這樓要拆了，請我給尋個風水位好把家搬過去。

我說：「您這可是難為我，摸金校尉又不入室行竊打劫，哪裡會看陽宅風水？何況既然都是倒斗的手藝人，怎地還會偏信風水之說？」

我勸了一回，讓他不可執迷此道，喬二爺卻不為所動，指了指腳下的地板說：「這個元朝古墓真就是處風水寶穴，當年我從墓道裡潛入地宮，見了墓中的情形，險些把下巴驚得掉在地上，到那時才真信世上風水之說，絕非是虛無縹緲的玄談異論……」他說到這裡，用句倒斗行裡的暗語告訴我們那夜所見：「這座古墓裡……有水沒有魚！」

# 第二章 八臂哪吒

我聽喬二爺說這筒子樓下那座古墓裡是「有水沒有魚」，也覺得有些奇怪，因為我素來知道，元時古墓深埋大藏，地面上不封不樹，取的是密宗風水，向來最是難尋。在倒斗的暗語中，管古墓中的瓷器稱為「水」，元時墓中最多見的一種陪葬明器便是瓷器，倒斗的手藝人向來將元屍代稱為「魚」，蓋因元代墓主屍體入殮下葬，在棺中都要裹層漁網，這也是密宗色目人的習俗，今人大多難以理解。

若說「有水沒有魚」，那就是說墓裡邊只有古瓷器，而沒有古屍，難道是個衣冠塚？我和胖子對倒斗之事格外感興趣，好奇心起，就請喬二爺道出詳情，最好多說說那些「水」都怎樣了，值得哪般行市？

原來喬二爺早年間憑倒斗發了橫財，至今已金盆洗手多年，專做些古玩、字畫的生意，他和大金牙祖上的出身差不多，是不入流的民間散盜，懂得些觀泥痕、辨土色的本領，味覺和嗅覺天生機敏，一生不碰菸酒，向同行說起當年倒斗的事來，依舊眉飛色舞，神色間以老元良自居，顯得頗為得意。

如今北京城的格局，是源於七百年前的元代大都城，由數術奇人劉秉忠設計。據說城址地下，藏有孽龍水怪，所以城池建造成「八臂哪吒」的形狀，鎮龍壓怪，以保王氣平安。城池的格局中，隱藏著三頭六臂和兩隻腳，另外五臟六腑一應俱全，這也是一種複雜的風水布局，背陰處埋了許多王公貴族。

喬二爺祖上在欽天監聽差，後來又被抽調去編纂《四庫全書》，久而久之就學全了「陰陽五要」，對陰陽風水、天星相法頗有心得。傳到喬二爺這輩，藉著自己粗通些風水之道，又兼能辨草色、土痕，接連挖了幾處古塚，挖到這元代古墓的時候，封土一破，墓中有數道黑氣沖天，候了兩天，待到黑霧消散，才敢入內，到地宮門前，發現門上嵌滿了紅寶石。

大喜之餘，用手去摳，卻都碎成齏粉，紅色的粉塵若即若離，再仔細辨認才知道是數百年前的硃砂。元代古墓中常有硃砂，並不奇怪，但不免大失所望。破門而入，墓室中鐵繩懸棺，把棺槨用大鐵環吊在半空，這是為了防止有雨水或地下水滲進來浸泡了棺木。

但那墓室裡並未積水，擺著好多完整的瓷瓶、瓷罐，一應人間家私，竟然全是古青花瓷，瓷上繪的都是修仙煉丹、紫氣東來之事。喬二爺因為家族影響，對這些玄而又玄的事情，有種難以名狀的情結，十分地信服，但信歸信，倒斗的事也不能罷了。升棺發材，揭開大頂，只見棺內只有層層殮服，紫袍、金帶無不如新，可袍服衣冠中空空如也，連死人的指甲、頭髮也沒有半絲一毫。

他做倒斗的勾當已久，自然知道「衣冠塚」、「虛墓」是怎麼回事，可憑經驗判斷，這座古墓絕不是沒有墓主的空墳，那就只有一個解釋，這是個風水寶穴，墓主下葬後不久，未等腐爛變枯，就仙化飛昇了。

後來又打聽到附近以前有座明朝的古廟，建廟的時候，從地下掘得一塊石碑，上面刻著「葬此化，居此吉」，也不知是哪朝哪代埋在地下的。喬二爺迷信風水之說，從那以後他就想方設法住在這周圍，一輩子不願離開，甚至希望百年之後能埋骨在此，也託個仙解的造化，得成大道。

還別說，自打住在這附近之後，生意一向興隆，改朝換代也沒耽誤發財，加上這破樓太不起眼，文革時紅衛兵抄家都從這兒繞著走，所以他就更深信不疑了。如今這地方要拆了蓋公園，不是人力所能扭轉，這才請我來幫他瞧瞧在八臂哪吒中，是否還有什麼風水好的地方，可以搬過去居住。

我聽明白後，心中暗笑喬二爺不過如此，如今四九城[5]玩古董的誰不知他的名頭，可他雖在古物鑑賞、估價方面有過人之處，但對青烏風水和陰陽五行之道還遠遠沒摸著門道。這老頭雖然也做過倒斗的勾當，但他這兩把刷子，又如何能比「摸金校尉」發掘過的巨塚山陵？元代古墓歷來極難尋找，就連《十六字陰陽風水祕術》中都不曾過多提及。按說元墓非比秦漢之時那般年代遙遠，屍體就算腐爛消散，但在一副好棺材中也不至於消解

5 北京有外城、內城、皇城、紫禁城。皇城有四門：天安門、地安門、東安門、西安門。內城有正陽、崇文、宣武、朝陽、阜城、東直、西直、安定、德勝等九門。此為北京人生活的範圍，故用以代稱北京。

得如此徹底，不留半分痕跡。他盜的這座古墓裡為什麼沒有屍骨殘骸？恐怕並非與仙解有關，現在古墓早已平了許多年了，無憑無據，我也沒辦法捕風捉影地推測。

但我還指望喬二爺出高價將青頭收去，也不好說破，只是順著他意敷衍了幾句，趕緊將話頭繞回生意上。喬二爺在風水上是個棒槌，可論及古玩金石之道，卻十足是個行家，而且做過許多大買賣，這次有心結交，便把盤玉訣竅講了出來。

凡是明器、青頭裡面的玉石，多遭泥土海水侵蝕，帶有各種沁色，收存後要使「盤功」使之恢復本性。古玉器溫潤純厚、晶瑩光潔，尤其是各種沁色之妙，恰似浮雲遮日，如同舞鶴遊天，富有無窮無盡的奇趣異致，令人賞心悅目。

但古玉沁色不加盤功，則將隱而不彰，玉理之色深藏不見，玉性如同頑石。自古盤玉分三等：急盤、緩盤、意盤。急盤須佩於容顏秀美之女性身邊，以人氣養之，待到數月後玉質變硬，用柔軟的舊布擦拭，等到玉性復甦，再用新布反覆擦拭，一定要用白粗布，帶有顏色的布絕不可用，愈是摩擦玉石愈熱，不宜間斷，經過幾晝夜，水土燥性自然減少，受沁處與玉色自然凝結，色愈斂而愈豔，古玉活色生香的價值就全顯露出來了。

但古玉入水土年代過久，地氣、海氣深入玉骨，沒有六、七十年的水磨工夫，都不易盤出。對倒斗盜墓之人來說，秦漢之玉為舊玉，定是「夏、商、周」三代之玉，才稱得上是古玉，不長年佩戴身邊把玩摩挲，玉髓中的精光絕難顯露，這就是古玉的緩盤之說。

意盤的說法，就有點神乎其神了，這辦法有點玄，好多人不能理解，實際上歸根結柢八個字——「精誠所至，金石為開」。在精室之中，焚香閉關，與俗世隔絕往來，以氣質性情盤化玉沁，數月之內，古玉自然復原，是門面壁坐禪的功夫。實際上可能是用「人油」、「人膏」之類的祕藥煨玉，懂這門手藝的人十分鮮有，喬二爺卻最是拿手，那是他壓箱底的絕活，所以才敢開出高價，收存這些好似石灰頑石的青頭老玉，一經轉手，他就獲幾倍的暴利，畢竟是個老生意精，賠本的買賣也是不肯做的。

我和胖子心急出手，而且若依大金牙的辦法找群大姑娘來盤玉，未免太過麻煩，而且也等不耐煩耗上三、五年水磨工夫，見價錢合理，就一發讓給了喬二爺。

當天喬二爺留我和胖子吃了頓飯，又拿出本講風水的《郭子宓地眼圖》，此書是江西形勢宗風水要訣，出自宋代，編寫於明永樂年間，恰好有京中八臂哪吒圖。喬二爺讓我給他指點指點北京城裡八臂哪吒的格局，以便將來尋個上好的住處，可那元時古蹟早已幾經變遷，又怎麼可能留到現在？我只好胡亂指了幾處，捏造些唬人的言詞，把個喬二爺給唬得一愣一愣的。

可我發現這本《郭子宓地眼圖》怎麼恁地眼熟，好像在哪見過，猛然想起當年在陝西石碑店初遇陳瞎子，他當時曾想將這本書兜售給我，結果被我識破是仿古的假貨，好像正是現在喬二爺手裡的這本，忙問他這書從何而來？

喬二爺說是前些時日，在天津談了筆生意，收了軸古畫，聽聞中山公園裡有個算命的瞎子斷命斷得極準，有神數之稱，喬二爺最是迷信，馬上就前去拜訪，結果不虛此行。原來那老先生不僅通曉命數，什麼求籤問卜、望天打卦、摸骨測字……就沒有他不精通的，句句都是指人迷津的金玉良言。

喬二爺鼻子好使，聞出那算命先生身上土腥味很足，那算命先生自稱雙眼未盲之時，也常給人看風水、相陰宅，所以身上有土味，卻並非是倒斗的，如今眼睛瞎了，沒辦法再看風水、辨陰陽了，只是有本家傳的地眼圖，於是跟喬二爺做了筆交易，用這本失傳多年的風水古卷，換去了喬二爺剛在天津收來的古畫。

我聽到此處，心下雪亮，陳瞎子原來在北京待不下去，竟躲到天津去了，倒教我一場好找，到今天總算有了些眉目。別看喬二爺在古玩行裡是有頭有臉的人物，可卻被壞了一對招子的陳瞎子給耍得團團轉，一是因為喬二爺過分迷信風水，他當事者迷，容易偏聽偏信；二是天下藏龍臥虎，許多真正的高人一輩子都是沒沒無聞，這些拋頭露面、顯山顯水的俗流，反倒多是浪得虛名，並非有真實本領。

我急著要去找陳瞎子，吃罷飯，將天津的事情打探周詳，匆匆別了喬二爺，就讓胖子下午回家把那些沒出手的古玉全都帶來，同喬二爺當面銀子對面貨，將談好的生意做了。胖爺在潘家園也是獨當一面的人物，做買賣歷來慣賣香油貨，只肯占便宜不肯吃虧，免不了又胡亂捏造些緣故出來，在價錢上狠切了喬二爺一刀。

我則先去找到Shirley楊，同她趕到天津。陳瞎子不比常人，形貌特徵、言談舉止都不尋常，按照喬二爺提供的消息，稍加打聽，果然沒費多大力氣，就在瀋陽道古玩舊貨市場，找到了剛把古畫倒賣出去的陳瞎子。

陳瞎子見我竟然找到天津，也是吃了一驚，卻對我說道：「那日陶然亭匆匆一別，老夫被一眾如狼似虎的居委會婆娘趕得急了，東躲西藏，好不容易才得脫身，料定今後在陶然亭難以立足了，一露面必被擒住，如今年老氣衰，一旦讓人扭送到衙門裡，過了熱堂不是兒戲，於是裝成老幹部，混上火車到了天津。這九河下稍也真是處寶地，樂得在此逍遙，不打算再回法度森嚴的京畿重地了，待到明年春暖花開，還想南下蘇杭、上海，想那江南也是養人的地方，順便發上它幾路歪財。本想找人給你等通個消息，但掐指一算，料定胡、楊兩個摸金校尉會來相會，果然不出所料，這不柳暗花明又相逢了。」

我見陳瞎子又是故弄玄虛的老毛病不改，俗話說「人長六尺，天下難藏」，別說跑到天津來了，就算跑到天上去，我也得想辦法把他摳出來，眼下只好任他誇口，因為有許多緊要的事情向他打聽，就先找了個地方吃晚飯。在餐廳裡，Shirley楊先將最近發生的事情，都對瞎子簡要說了一遍。

陳瞎子聽罷嘿嘿一笑。「要與爾等論起輩分來，老夫和楊小姐那位做搬山道人的外公才是同輩，說起來如此有緣，竟是遇著故人之後了，看來也是該著摸金校尉中興，連搬山道人的後代都掛上摸金符了，那搬山掘子甲卻已絕跡失傳。老夫與搬山道人的頭領鷓鴣哨是老交情，只因他使得好口技，能學世間萬種聲音，才得此綽號，此人渾身是膽，又有通天的搬山手段，想不到後來也流落海外，客死在亞美利加了，真個是……人世休誇手段高，霸王也有絕路時，想起來不禁令人嘆息感懷。那些搬山道人其實根本不是道士，既不修真，又不求仙，只是到處挖墳掘墓、尋珠取丹，為了少生事端，才常做道人裝束，除了盜墓之外，也常做些月黑殺人、風高放火的勾當。」

瞎子愈說愈遠，但Shirley楊想聽聽自己家族中的往事，便請他講得再詳細些，陳瞎子就給她說了些個搬山道人的事蹟，無不是罕見罕聞的奇蹤異事。

我卻急著想打聽當年卸嶺力士在湘西盜墓的事跡，就以喬二爺之事為引，問他可否知道元代古塚的祕聞，瞎子點頭道：「你們是聽了姓喬那老小子的話，才在天津尋得老夫，其實喬二這廝，在倒斗行裡只是個不入流的小賊，名不見經傳，現在卻是在京城裡發跡了，他這鼠輩又見過什麼場面，住在一處元墓遺址上，竟然成天沾沾自喜，還以為自己占了個狗屁風水位……」說罷冷笑起來。

我對瞎子說：「好像歷代摸金校尉都不曾真正盜過幾處元代的大型古墓，只因分金定穴之術對其並不適用，所以元代古墓向來是比較神祕的。」

陳瞎子正要有心誇耀自家手段，被我問起，恰好是揉到了癢處，面露得意之色，揚眉說道：「喬二那廝所盜的元墓，只是處普通貴族的墳塚，實在是不值一提，什麼有水沒有魚，那都是因為他們不知元代古墓的玄機……，我等照這般沒頭沒腦地說下去，也不得要領。今日恰是得閒，人生聚散無常，將來南下，一去千里，再不來了，也不知還有沒有機會再跟你們說這些陳年舊事，不如就讓老夫從頭道來，好讓你們明瞭其中情由，將來流傳開來，也教世人知道，天下除了你望字訣的摸金祕術之外，還有吾輩搬山卸嶺的驚天動地之舉。」

# 第三章 盜墓往事

自秦亡之後，漢高祖劉邦稱帝，傳了數代，始終都是漢家天下，史稱「西漢」，直到王莽篡位，才又有光武中興，出了東漢的天命定數，但這都是後話，自不必說。

只說西漢、東漢之交，天下大旱，飢民遍野，百姓不堪其苦，紛紛揭竿而起，諸路義軍中以綠林、赤眉二軍最為強大，震動朝野上下，各地英豪紛紛投效。

赤眉軍開始也是由飢民組成，最初只做些打家劫舍的勾當以求自存，後被官軍剿得逼緊了，接連打了幾場硬仗，無不大獲全勝，從此聲威大振。為求臨陣有進無退，人人都將眉毛染成赤紅，像滾雪球似的，逐漸發展為數十萬人之眾，一路勢如破竹，打入了長安，遍取長安城中財帛糧物，並一把火燒了宮殿。可正像古代大多數農民起義一樣，人數愈多，戰鬥力也就愈弱，隨後連吃敗仗，在關中數度進退攻戰，當面臨絕境、走投無路之時，將漢帝諸陵挖了個底朝天。

秦漢之際，崇尚玉殮，陵中帝妃屍身上都套著蛟龍玉匣和玄鳳玉匣，也就是後世所稱的金縷玉衣，全被扒了個淨光。漢室陵墓陪葬的珍異之物，更是堆積如山，這些寶貨盡數被赤眉軍掠去。

隨著橫行天下的赤眉軍土崩瓦解，殘存的部眾成為了嘯聚山林的響馬，他們依舊保留了盜掘古墓、刮取墓中珍寶為資的傳統，一旦尋得皇室貴族古墓的蹤跡，就由首領帶隊盜發。盜墓的手段使用長鋤大鏟，最多時能聚集萬人，挖得山體千創百孔，實有「拆嶺揭地」之力，所以在盜墓者的各個體系中，稱他們這種倒斗的方式為「卸嶺」。

到了宋末，黃河以北都被金兵陷了，由河南淘沙官組成的軍事集團大舉掘開皇陵，北宋皇帝的陵墓均遭毀壞，也被盜了一空，並無倖免此劫的。沒過多少年，金又被蒙古所滅，殘餘的河南淘沙官從此併入卸嶺群盜，當時的卸嶺盜魁劉子仙是一代奇人，他廣泛吸收盜挖宋陵的先進手段，改良盜墓器具，傳下「千竿之術」和「圈穴祕法」。

雖然盜墓時使用的器具和手段，經過幾代改良，都有了天翻地覆的變化，但卸嶺群盜的實力已逐漸衰落，隱在綠林之中，幾百年來未有太大的作為，只是偶爾夥同一處，盜幾座古墓，牟取些金玉財帛。一直傳至民國年間，最後一代盜魁陳瞎子，本名叫作「陳玉樓」，字是「金堂」，不過在綠林道上的人習慣用假名，世上很少有人知道他的真名。

由於他率眾前往雲南尋找獻王墓，不料還沒見到獻王墓的水龍暈，就在蟲谷裡遇到痋毒陷阱，壞了一雙眼睛，並在那些年中下落不明。樹倒猢猻散，傳續千年的卸嶺群盜，便從歷史上煙消雲散了。

陳瞎子的出身來歷頗具傳奇色彩，陳家是湖南湘陰顯赫一方的世家，家財萬貫，良田千頃，實際上正是靠盜墓發的財。陳家已經做了三代盜魁，他出生的時候正值兵荒馬亂，為了躲避戰禍，族人都躲進了一座早已被盜空的古墓地宮裡，不見天日地躲了兩個多月，等兵亂過了，才敢回歸家園，他就是從古墓地宮裡生下來的。由於一出生就在暗無天日的陰森環境中，使得他目力異於常人，生了一對能在暗中見物的「夜眼」。長到十歲時，在街上被一個破衣爛衫的老道攝去，原來這老道見他是罕見的夜眼，而且骨骼清奇，不像普通人，知道稍加傳授，就能讓他辨識世間珍寶，於是將他帶到山裡授以異術。

後來藝未學成，那老道便壽盡死了，陳瞎子下山回到家中，繼承了偌大的家業，並且做了卸嶺群賊的魁首。他之所以能做頭把金交椅，自身有什麼藝業倒在其次，主要是憑著陳家人脈最廣，黑白兩道都吃得開，湘黔之間往來販運的菸土、軍火交易，全被壟斷在他手中，所以三湘四水的各路軍閥、土匪，不論勢力大小都要依附於他，儼然就是當地的一個土皇上。

民國時期，終於推翻了清王朝的帝制，從而使當時的中國進入了一個各種新銳思潮與遺風陋習激烈衝撞的大時代。社會局勢尤其混亂，不僅各路軍閥之間的戰事頻繁，而且出現了百年不遇的「北旱南澇」災情，使得許多省分顆粒無收，成千上萬的人成了災民。為了能有口飯吃，更有許多人鋌而走險當起了土匪、響馬，或去做倒賣人口、走私菸土、販運軍火一類缺德到底的勾當，這正是「十年干戈天地老，四海蒼生痛哭深」。

常言道：「盛世古董，亂世黃金。」在兵荒馬亂的年月裡，只有黃澄澄的大黃魚（金條）才是硬通貨。但在盜墓者的眼中，如此時局之下，國家的法律已形同虛設，正是盜掘古塚、竊取祕器的大好時機。有經驗的盜墓老手，當然不會放過這種機會。等到有朝一日政局穩定下來之後，古董價格必會看漲，屆時再把所盜之物出手，便可輕輕鬆鬆地發上一筆橫財。

陳瞎子做了卸嶺群盜的魁首，倒斗發財的事情自然做了不少，那時候他的眼睛還沒壞，眼力十分過人，能夠「觀泥痕、認草色、尋藏識寶」，率領著手下人到各省各地勾當，世道愈亂，他的生意就愈興旺。而且他喜歡輕裝簡從，扮成看風水的先生，到偏遠的山村寨子裡去撿舌漏，打探古墓舊塚的消息。

盜墓之術不外乎「望」、「聞」、「問」、「切」，有時通過地名就可以知道，像什麼「陵村、墓莊、雙丘鎮、土墳溝、荒葬嶺……」凡是這種地名，其中都有玄機，往往有大型墓葬群。有好多的村莊，都是由當年給皇族貴冑守陵的人聚居形成，或是由埋葬在當地的古人而命名的。雖然滄海桑田，那些古墓巨塚的丘壟已平，地面上不剩一絲蹤跡，可從當地老輩人的嘴裡，還是能問出些許端倪，想套出「舌漏」可得需要很高明的本事和經驗，不是一般人能做得來的。

陳瞎子機辯無雙，又有口若懸河的本事，一番話從他嘴中說出來，猶如口吐九九八十一瓣蓮花，不僅妙彩紛呈，而且瓣兒瓣兒都不帶重樣的，所以這「問」字訣向來被他發揮得淋漓盡致。不過在「望」、「聞」、「問」、「切」的四門八道中，從當地土人口中套話，還屬於是「問」之下法。

問字訣的上法，那就不是問人了，而是「問天打卦」，通過占卜推算古墓的方位，來挖掘盜洞，直透冥槨，或是卜算盜墓行為的吉凶動靜。這些古術陳瞎子就不擅長了，雖然也明瞭其中原理，可一旦施展出來，往往不能應驗，據說只有摸金校尉才通曉「望、問」兩訣的上法。

但陳瞎子也是有些真實本領的，卸嶺群盜歷代傳下來的器械手段，他無不精熟，加上對「望」、「聞」、「問」、「切」的下乘之術了然於胸，數年間踏遍千山萬水，著實盜了不少古塚。

湘西有個響馬出身的軍閥頭子羅老歪，是陳瞎子一個頭磕在地上的拜把子兄弟。當時時局混亂，誰手底下槍多人多，誰的勢力就大，在陳瞎子的協助下，羅老歪組建了專門盜墓的工兵掘子營，把自己地盤上能挖的古墓挖了個遍，用墓中珍寶換取錢財，大量購買槍枝彈藥，一時間實力大增，於是進一步擴充地盤，吞併小股軍閥，然後繼續尋找古墓盜掘。

這天羅老歪特意趕到湘陰陳家莊來找陳瞎子，說起最近在軍事上面臨的壓力不小，想購買一批英國產的先進步槍，如今胃口愈來愈大，不鳴則已，一鳴驚人，打算一次就裝備一個師。如今的世道就是人多槍多拳頭大，說話才夠分量，這個武器精良的師如果能迅速組建起來，腰桿子可就更硬了。所以想請陳瞎子出山，帶百十號卸嶺高手，領著工兵營，背著炸藥進山，官匪合作，尋個大墓挖開，明器二一添作五，一家得一半。

陳瞎子笑道：「羅帥這一個師要裝備起來，少說也要幾千條快槍，再加上幾百萬發子彈和十幾門大砲，要知英國貨不比漢陽造，可著實不便宜，你拿算盤撥拉撥拉，算算得挖出多少明器，才夠你買這些軍火裝備的？要照老弟你的胃口，至少也得尋個諸侯王的大墓。如今附近的古墓早都被咱們挖絕了，想找這麼個大墓卻又談何容易。」

羅老歪見陳瞎子犯難，便不敢再提擴編新軍的事情，而是死皮賴臉地求道：「陳掌櫃，我的哥哥哎，要是尋常的小舉動還用得著勞你大駕？這陣子部隊擴充太快，軍費吃緊，再不給弟兄們發點菸土、銀元，我操他奶奶的，那可就真要有部隊譁變了。陳掌櫃你要是見死不救，當兄弟的可只好扔下這爛攤子，繼續上山落草去了。」

陳瞎子心中早有主張，他最近手頭上也緊，正琢磨著要做回大的，只是還沒什麼把握，不肯提前對羅老歪言明，不過話說到這分上，只好和盤托出，趕緊道：「素聞猛洞河流域林深嶺密，是片夷漢雜處的三不管地方，當年元兵南下，和洞民惡戰經年，死了好些個番子貴冑，其中有一番僧與一統兵大將之墓殉葬最豐，如今那瓶山裡，仍舊藏著不少土司、洞人和元兵元將的墳塋。不過元代古墓不封不樹，向來深埋大藏，加上那些苗洞蠻子多會放蠱施毒，又常有落洞、趕屍一類的妖異邪說，咱們的勢力覆蓋不到那邊，貿然過去怕有閃失，所以始終猶豫著是不是要去勾當一番……」

羅老歪是個盜墓成癮的軍閥，一聽那瓶山竟有這麼多大型的古墓，不禁喜出望外。以前他臉上被人砍了一刀，落下好大的傷疤，將嘴角都帶歪了，所以才得了羅老歪這麼個名字，此時一陣狂喜，本就歪的嘴角更是快要咧到後腦勺了。

他立即從椅子上跳將起來，此人是一身的土匪習氣，平常說話就喜歡拔槍，抽出象牙柄的左輪手槍，喝令副官馬上回去集合手槍連和工兵營，工兵營每人都帶上鍬、鏟、鋤、鎬，並準備大量炸藥，當天就要帶兵進山。

陳瞎子急忙將他攔住，此事還須從長計議，瓶山裡的古墓不是說盜就能盜的，找不到地宮和墓道，有再多炸藥也不濟事。而且大軍一動，難免要驚動了當地土人，那一帶形勢複雜，說不定就會節外生枝，如今之計，只有帶幾個精幹得力之人，先進山去探它一個究竟。

# 第四章 老熊嶺義莊

羅老歪盜墓成癮、發財心切，也打算跟著進山踩盤子，於是和陳瞎子密謀起來。計議已定，陳瞎子點手喚過人來，吩咐交代一番，隨即帶了幾個得力的手下，改換裝束，收拾打點，準備前往猛洞河，去尋找藏在瓶山裡的元代古墓。

陳瞎子自己扮作打卦問卜的先生，他另有三個手下，一個是面黃肌瘦、詭計多端的「花瑪拐」，此人祖上歷代都是前清衙門口裡聽差的仵作，識得屍蠟、屍毒、屍蟲等物，又兼為人精乖，是卸嶺群盜中的狗頭軍師。

另一個鐵塔般的漢子，生得摩天接地、力大無窮，可惜天生是個啞子不能說話，只因周身皮肉都似黑炭，也有個渾號喚作「崑崙摩勒」，這是說他形貌酷似晚唐五代的奇人「崑崙奴」。陳瞎子當年在雁蕩山盜墓時，無意間救了他的性命，從那開始，他就死心塌地跟在陳瞎子身邊，做了個貼身僕從。

此外還有一個年輕女子，是江湖上買藝出身，藝名稱為「紅姑娘」，會使諸般古彩戲法雜技，被地方上一個權貴相中，要納她為妾，逼死了她的老父。紅姑娘性格激烈，一怒之下，殺了那仇人滿門良賤，逃到湖南落草為寇，憑著滿身月亮門的本事，入夥做了卸嶺盜眾。

陳瞎子和這三個手下，加上羅老歪，分別扮成客商和貨郎，因為湘西猛洞河流域地勢複雜，山嶺崎嶇艱難，素有「八山一水一分田」之稱，自古人煙稀少，政府統治能力薄弱，匪患嚴重，所以各種不同營生的客人，往往結伴搭夥同行，他們五人喬裝改扮了一同上路，倒不易使人懷疑。

這五個人，把三長兩短的器械，明插暗挎，都在身上藏了，望著猛洞河行去，一路無話。進山不久，就是古時留下的苗疆邊牆，苗又稱「猛」，水流湍急的猛洞河，就是以古時洞居的夷地，傳說河道兩邊的原始森林都是古苗洞，同巫楚文化之間互有影響，所以在世人眼中顯得神祕無比，這裡到處可見古時「玄鳥」的圖騰遺跡。

陳瞎子讓羅老歪把他手下那工兵掘子營和手槍連的幾百號人馬，都埋伏在古牆遺址附近的密林裡，隨時聽候調遣，然後一行五人涉水而過，鑽山越嶺，直奔瓶山而去。只見這大山裡邊峰林重疊、溪谷縱橫，漫山遍野開滿了湘西獨有的巴茅花，好一派與世隔絕的原始風光。

眾人以前誰也沒來過瓶山，擔心迷失了道路碰上猛獸，也不敢隨意亂走，找到當地過路的山民一打聽，才知道原來這遍地盛開巴茅花的山脈叫做老熊嶺，屬湘西猛洞河流域的怒晴縣地界。過了嶺便是人跡不至的蠻荒之地，瓶山就在老熊嶺的深山中，那嶺前有幾個寨子，夷漢雜處，除了漢人，還有苗人與土家人。

陳瞎子打探明白之後，知道前邊山裡有南北兩個寨子，便對眾人說道：「前天我夜觀天象，看北斗七星星光黯淡，想那南斗注生、北斗注死，自古已有此說，我等要在此刻進山尋找古墓，恐怕難得天時，不如避北取南，先到老熊嶺的南寨中走上一遭如何？」

其餘四人在倒斗的勾當上，歷來對陳瞎子仰若神明，自然齊聲答應，就由花瑪拐扮的貨郎在前引路，投了山路南行。不多時，果然見到一片村寨，這寨子座落於奇峰翠谷間，景致幽美如在山水畫中。

寨中大約有百餘戶人家，因為當地土氣多瘴癘，山有毒草及沙蝨蝮蛇，所以當地人不分夷漢，一律並樓而居，登梯而上，稱為「干欄」，所有的民居住宅，全部依山而建，取座北朝南的方向。為了避免毒蛇、毒蟲，複式結構的木樓底部都採用九柱落地，橫梁對穿，使樓臺懸空，這樣的建築也叫「吊腳樓」，每家吊腳樓下，又都供了個玄鳥的木雕，神祕中透著些許詭異。

卸嶺群盜看在眼裡，暗中記在心上，轉到寨中便打起小銅鑼叫賣生意，當地民風淳樸，百姓之間喜歡以物易物，很少有錢財流通，出產蠟染和火腿、三蛇酒等物，雖是地處偏僻，但外來的人也並非鮮有，幾乎每個月都有幾位貨郎來換山貨，見有外來的客商並不稀奇，各取自家山貨前來換兌。

花瑪拐做的是雜貨生意，都是針頭線腦一類的零碎日用之物，啞巴崑崙摩勒扮成腳夫，給扮成販私客商的羅老歪挑著鹽巴。山中錢財無用，有錢也沒地方花，山民和貨郎、商販之間，向來都是以物易物，挑山走貨的客人換了山貨，再到外邊的市鎮上去賺取利潤。

由於深山老林進出不便，在這裡最有價值的東西是鹽，鹽巴本身已經被當地人視為一種最硬通的貨幣。土人經常有一句話：「三擔米一斤鹽。」可以說這就是當地公認的一種「匯率」。

陳瞎子事先計畫周詳，他們帶來的這些東西都是山民們急需之物，而且不像普通貨商那般計較蠅頭小利，頗得民眾好感。沒用多大工夫，便做罷了生意，又找當地土人討了幾碗水，假意喝水休息，順便打探瓶山古墓的消息。

陳瞎子等人假借看風水尋陰宅及打聽山中路徑的名義，果然毫不費力地從山民口中問出了一些線索。這猛洞河邊的老熊嶺，是一大片海拔千丈的崇山峻嶺，在古時候山裡確實有熊跡出沒，現在卻已不多見，相傳苗人的祖先苗王「蚩尤」就是一頭巨熊的化身，所以這老熊嶺也是由此得名，是洞人起源的神山，山林中留有許多古蹟。

古夷人多居岩洞之中，所以也稱洞民，按部族區分，共計七十二洞。老熊嶺裡有處名為瓶山的奇峰，形如天瓶墜地，看似神力，不像人工，那山上更有許多不知名的奇花異草。瓶山中有天然岩洞，裡面洞壑縱橫、深不可測。湘西又盛產硃砂、鉛汞，是煉丹必不可少的原料，所以從秦漢之際，各朝皇帝就不斷派遣術士來瓶山煉造不死仙丹，並在洞中建造道觀殿宇，涉名山，採嘉石，將各方珍物填充其中，以向仙人求藥，儼然是當作了道家洞府中的一處仙境。

經過多少朝多少代近千年的經營，瓶山的洞室中已是殿闕重重，樓臺殿閣勝過人間，不過那不死仙丹卻並未煉成。直到元滅南宋，元人殘暴，山中有洞民不堪忍受暴政，聚眾造反，番兵番將在老熊嶺大舉剿滅洞民，殺戮慘烈異常，各洞的洞民幾乎被屠殺滅絕。而元軍由於不適應山裡溼熱的環境，軍中瘟疫蔓延，也折損甚重，統兵的大將都死在了這裡。元人為了鎮住洞民，使他們永不造反，就將那瓶山做為墓穴，埋葬陣亡將士，山洞道觀裡的珍異之物，皆充作陪葬的明器，又將殘存的洞民屠殺殉葬，用銅汁、鐵水和巨石封山，墓中深埋大藏、不封不樹，讓後人永遠也無法找到墓道和地宮。

這些傳說在老熊嶺的山民之中，口耳相傳了幾百年，都知道瓶山裡有個巨大的古墓，但也僅限於此，再詳細的內容就沒人知道了，畢竟當年各洞的洞民幾乎都被斬盡殺絕了。陳瞎子對此早有風聞，如今到當地加以打探，進一步確認了瓶山古墓的傳說不是空穴來風，又套出了一些鮮為人知的內情。

當地人見這些客商像是要去瓶山，哪裡想得到這是一夥盜墓賊，還好心地勸告，瓶山周圍林密山陡，因為早年間有許多煉丹的名貴藥石，所以引得好多毒蟲精怪聚集在附近，那片猛惡的去處實有萬分的凶險，要是活人過去，十個裡至少要送掉九個。

陳瞎子趕緊解釋：「只是外來的路過此地，聽這瓶山地名奇異，忍不住好奇心起，才多問了幾句，我等都是跑江湖做生意餬口的本分之輩，如何敢去古墓附近走動？」說罷又跟山民們商量，想要在寨中借宿一晚。

寨裡的長者告訴陳瞎子等人：「這裡歷來有規矩，從不肯留外人在寨中過夜，只因這些年山賊、響馬鬧得太凶，俗話說：『賊來如梳，兵來如篦，匪來如剃。』響馬一來就是一場慘絕的血洗，所以晚上要關了寨門，不留半個外來的客人，以防止有賊寇混進來裡應外合。雖然看你們都是做小買賣的老實人，絕不是殺人越貨的響馬賊，但還是不能為你們破例壞了規矩，勸你們趁著天亮趕緊出山為是。」

羅老歪的脾氣不好，平時頤指氣使慣了，一看寨子裡的人不肯留他們過夜，還沒見過敢如此不給他羅大帥面子的刁民，罵了句操你奶奶，就想拔出槍來砰掉幾個。陳瞎子早知羅老歪沉不住氣，怕他洩漏行藏壞了大計，急忙按住他的手，又仔細向土人問了問周圍的幾處道路，就匆匆帶眾人離了寨子。

走到山林裡，日已西斜，羅老歪問陳瞎子：「現下如何是好？荒山野嶺連個宿頭都沒有，不如連夜回去直接提兵進山，到瓶山裡來場所謂的『軍事演習』。」

陳瞎子把頭望了望日影，估算了一下時間，沉思片刻，轉身說道：「羅帥不必急於一時，這山裡天黑得早，今夜怕是趕不回去。剛剛從山民口中得知，老熊嶺上有處停屍的攢館，不如就去那裡對付一晚，明天一早再到深山裡，去觀看那瓶山的形勢，瞧瞧那座古墓究竟發不發得。」

攢館是義莊的別名，簡單點解釋就是「死人的旅館」。這附近的數個寨子中有許多漢人，他們不是躲兵役，就是逃租欠稅跑過來的，也有少部分是往返於各寨之間做生意的人。由於夷漢葬俗不同，這些人一旦死在山區，等於是客死異鄉，這種遭遇在舊觀念中是很忌諱的，都希望能把屍骨埋回到故鄉，但山路崎嶇遙遠，想把屍體運出山去是異常困難，不管是背屍的還是趕屍的，都是半年才有一次。在此之前，還沒有運出山去的死屍都集中存放在義莊裡，謂之「攢基」，由各個寨子湊錢僱人專職看守，類似的地方在湘西山區十分多見。

陳瞎子這夥人都是慣盜古墓的，個個膽大包天，對在義莊攢館裡過夜毫不在乎，打定主意，就上了雲霧繚繞、山路如絲的老熊嶺。那義莊遠離人煙，走到了掌燈時分才找到，只見義莊似乎是座荒廢的山神廟改建而成，但破廟規模也自不小，前後分為三進，正殿的歇山頂子塌了半邊，屋瓦上全是荒草，冷月寒星之下，有一群群蝙蝠繞著半空飛舞，掉了漆的破木頭山門半遮半閉，被山風一吹，嘎吱吱地作響。

眾人雖是膽大，見了這等景象也不免在心中打鼓，硬著頭皮推門進來。陳瞎子早已事先探知，這攢館裡原本有個守屍的，是個中年婦人，因為相貌醜陋，獨居深山，不和別人往來，才做了這份營生，不過她在前兩天也染病而亡，如今屍體停在後屋，這座荒山義莊裡暫時沒人照料。

天色已黑，卻並不能急於歇息，陳瞎子要先看看進退的門戶，以免晚上遇到什麼意外時能夠得以脫身。當下率了眾人，點起一只皮燈盞，邁步進了正屋，見裡面停了七、八口破舊的黑漆棺材，都是死人旅館中的「床鋪」。這些年中，裡面也不知裝過多少屍體了，棺前是木頭牌位，各寫著靈主的名字，屋中異味撲鼻、陰鬱沉積，屍體都用砒霜拿成了殭屍保持不腐。老熊嶺十分偏僻，趕屍匠大約每半年來一次，到時會將棺中屍體起出帶走，義莊裡的守屍人是專職負責看守屍體，防止不會出現屍變異狀，或是被野獸啃了。

花瑪拐是仵作出身，在群盜中算是比較迷信的人，出門做事，逢山拜山，過水拜水（不過「拜山拜水拜碼頭」這些話語，在綠林道上都不可明言，只因綠林中最忌一個「拜」字，因「拜」音同「敗」，為響馬賊寇之忌），一進門就在供桌上找出香爐，給棺材裡的死人燒了幾炷香，口中念念有詞：「我等途經荒山，錯過了宿頭，在此借宿一晚，無心驚擾，還望列位老爺海涵……」話未說完，就聽棺中發出一陣響動，驀地裡冷風襲人、燈燭皆暗。

# 第五章　耗子二姑

義莊裡一陣陰風颳過，群盜手中的燈盞和香燭都隨即飄忽欲滅，就聽擺在屋內的陳舊棺板嘎吱吱作響，像是有極長的指甲在用手抓撓棺蓋，那聲音使人肌膚上都起了層毛栗子。

陳瞎子見有異動，忙用手攏在腰間的短刀上，他歷來不喜用槍，盜墓時只帶一柄短刀防身。這柄刀卻有來歷，是口當年皇上身邊御用的寶刀「小神鋒」，常和神槍並置駕前，寒光浸潤，鋒銳絕倫。此刻抽出刀刃一看，只見刀光吞吐閃爍，就知這攢館裡不太乾淨，若不是有鬼魅為祟，便是藏有妖邪之物。

陳瞎子當即一擺手，和幾名同夥呈扇面散開，包抄上前，將那一口口棺蓋紛紛揭開，去看那棺中殭屍是否有變，羅老歪也拽出雙槍跟著查看。有這一番驚動，棺中的怪聲竟是自己消失了，只聞屋外山風嗚咽之聲，搖動磚瓦古樹，聽在耳中，格外淒楚。

這一夥人都是長年挖墳掘塚的巨盜，所謂「藝高人膽大」，而且群盜最忌諱在同夥面前露出絲毫膽怯之意。在幾十口舊棺之間往來巡視幾遭，見無異狀，就在裝有屍體的棺內分別下了絆腳繩，那繩上都浸透了硃砂藥粉，屍僵不能彎曲，故能被絆腳繩壓在棺內無法出來，隨後又把棺蓋扣上，這才掩了門，離開正堂。

回到義莊破敗的院子裡，但見天上星月無光，山間風起雲湧，看樣子夜裡十有八九要下一場豪雨。「望」字訣下法是觀泥痕認草色，雨水沖刷之後更易施展，下了嶺便是瓶山地界，明晨雨住之後，正可前去觀看古墓的形勢，於是群盜當即決定留在義莊內過夜，這夥人身上都帶著殺人的凶器、辟邪的墨斗，區區一處停屍的攢館，如何能放在眼裡。

在義莊裡轉了兩圈，各處屋宇均是破敗不堪、汙穢難言，只有挨著後門的一間小房還算可以住人，這間屋子就是守屍人平時起居之處，也是死人旅館中唯一給活人準備的房間。羅老歪走了一天山路，恨不得早些落腳歇息，跟陳瞎子道了個「請」字，就抬腳踢開一扇木門，跨步進了屋內。

羅老歪進去之後剛一回身，正見另一扇門板後立著個直挺挺的死人，屍體被一大床白布蒙了，只顯出了模糊的輪廓，頭頂上豎著一個木頭靈牌，身前的一盞命燈，燒得只剩黃豆般大，饒是他羅老歪平生殺人如麻，也沒料到門後會戳著具屍體，當場被嚇出了一身冷汗，下意識地伸手去拽轉輪手槍。

陳瞎子隨後進屋，急忙按住羅老歪的手，看了看那屍體頭上的靈位，木牌上有張黃草紙符，舉起油燈照了照那張紙符，上面畫的符咒十分眼熟，以前在山中學道，耳濡目染，頗認得些符文，這符是張辰州符中的「淨屍符」，上面寫的是：「左有六甲，右有六丁，前有雷電，後有風雲，千邪萬穢，逐氣而清。急急如律令。」

再輕輕把紙符撥起一角，看著下面靈牌上露出來的一行字念道：「耗子二姑烏氏之位……想必是在攢館守夜的那個婦人，她剛死兩天，按照鄉俗，要在門板上立成殭屍才能入棺。聽說這女子也是個苦命人，吾輩跟她井水不犯河水，由她停在此處也罷。」

陳瞎子的三個手下也都是一肚子苦水的出身，否則也不會落草當了響馬，向來同情那些卑微貧賤之人，此時聽陳瞎子一說，都是欣然同意。「大掌櫃說得極是，自古苦人不欺幹人，我等皆是逼上梁山，才占據了一方，做些個豪傑的勾當、英雄的事業，又何必為難一個有苦水的死人。」

羅老歪雖然有心燒了那具屍，免得擺在屋內整晚相對，但見難違眾意，而且盜發古墓還要仰仗這些人，只好耐下性子，跟著陳瞎子進了屋內。花瑪拐忙前忙後地收拾出乾淨地方，請兩位把頭坐了，其餘三個跟班的身分所限，不敢同盜魁首領和羅帥平起平座，收拾妥當後，就席地而坐啃吃乾糧果腹，喝些燒酒驅寒。

吃著半截，就聽外邊雷電交加，接連幾個霹靂落下，震得屋瓦都是動的，跟著就是傾盆大雨。陳瞎子一邊盤腿坐著喝酒、一邊閉目冥想著今天打探來的各種消息，構想著瓶山古墓的規模，聽到雷聲隆隆，便不動聲色地告訴花瑪拐、紅姑娘和崑崙摩勒三人：「義莊裡不太平，今夜須放仔細些，都別睡了。」

花瑪拐等人連忙起身領命，隨後眾人喝著酒守夜，閒談中無意說起耗子二姑烏氏之事，覺得她這稱呼好生古怪，難道是容貌酷似老鼠？只是屍身蒙著白布看不到面目，實是難以想像她的容貌。

羅老歪吸足了菸泡，覺得精神十足，他早就看上紅姑娘多時了，想將她收為八姨太，不過這女子性子太烈，家中劇變之後立誓不嫁，根本就不肯答應，而且她擅長月亮門的古彩戲法手藝，是破解古墓機括的高手，盜墓、開棺都少不得她。羅老歪是個大菸鬼，只是貪財，在色字上倒並不十分吃緊，加上紅姑娘是陳瞎子的得力手下，也就只得將這念頭罷了，但今夜宿在荒山義莊，正是閒極無聊，怎能不找個機會跟紅姑娘搭個話。

此時聽到花瑪拐說起那女屍的容貌，羅老歪說了聲：「相貌如何，看看便知。」說罷已走到門邊，一抬手便揭起了蒙住屍體的白布，藉著燈盞的光亮一看之下，眾人皆是大為震驚，羅老歪更是大驚小怪。「操他奶奶，世上還真有大老鼠成精了不成？」連那啞巴崑崙摩勒都張大了嘴看得眼睛發直。

只見那女屍膚色毫無血色，屍體的顏色不是白而是發灰，灰白色，而且那沒有血色的灰白中深藏著一層不那麼明顯的黑氣。耗子二姑的臉上五官十分局促，小鼻子小眼，耳朵稍微有點尖，暴牙很明顯，青紫色的嘴唇向前突出，除了沒有老鼠毛之外，活脫就是一張鼠臉。

陳瞎子見眾人那副沒見過世面、少見多怪的樣子，叫了聲：「聒噪，虧得還常自誇是帝陵掘得最多的卸嶺盜眾，見了一具容貌醜陋怪異的女屍，也恁般稀奇。」

在山下踩盤子撿舌漏的時候，陳瞎子經驗老道，事無巨細，一一探查周全，羅老歪等人只顧打探元代古墓的消息，對別的事情都未加留意，所以並不知道耗子二姑的來歷，只好由陳瞎子說與他們知道。

關於這位耗子二姑的遭遇，流傳最普遍的說法是這樣的。

十幾年前，看守這義莊的是一位烏姓漢子，山民們都喚他作「義莊老烏」。附近山上的土家族很喜歡吃血豆腐，血豆腐就是用豬血和豆腐混合，揉成坨子放進竹篩裡，掛於火炕之上風乾，然後可以有多種吃法。

有天義莊老烏也煮了鍋血豆腐打牙祭，這東西只要看一看、聞一聞就會令人饞涎欲滴，當時還沒煮熟，不過已經香氣四溢，義莊老烏就流著口水在鍋旁守著。忽然聽到一陣急促的敲門聲，義莊老烏趕緊去開門，但是門外並沒有人，連個鬼影也沒有，再回身的時候，見有個年輕的婦人，正蹲在鍋邊撈血豆腐吃，八成是敲了前門聲東擊西，趁老烏開門的工夫，從後窗戶跳進來了。

義莊老烏大怒，心想這莫不是山上的女響馬來砸明火了？主人還沒死呢，要偷吃血豆腐也輪不到妳，抄起一把砍柴的斧頭就砸了過去，那婦人低著頭只顧吃，聽得金風一響，抱著鍋就逃出門外。

義莊老烏緊追不捨，在一個山坳裡終於把她追上了，一斧頭下去，正好剁在女人的屁股上，隨著鮮血迸流，竟然掉下一條粗大的老鼠尾巴。義莊老烏一看這是老鼠精啊，他是長年看守死屍的人，膽量自然不小，暴怒之餘，便打算斬盡殺絕，舉起斧頭想要再砍，那婦人卻哭著哀求道：「今日聞到鍋中血豆腐的香味，實在是抵擋不住誘惑，才出來偷食，不料卻被相公把尾巴砍掉了，再也變不回原形，相公要是不嫌奴家容貌醜陋，願意和相公結為夫妻，本分度日。」

義莊老烏打了多年光棍，他長年看守義莊，男人們都盡量迴避他，更別說有女人肯嫁給他了，正是久旱未逢甘露。仔細一看，那婦人雖然長了副鼠臉，但畢竟還有個女人身子，於是當夜便娶了她。幾年後義莊老烏為給老婆治病去深山採藥，結果被老熊舔了，他們無兒無女，義莊老烏一死，就只剩下烏氏成了寡婦，依舊靠看守義莊為生。

寨中上歲數的老人們都知道，實際上的情況不是這樣，烏氏本不是大耗子成精，而是義莊老烏在山裡收留的一個逃難來的女人，因為她模樣古怪至極，所以山裡的後生們胡亂編派，謠言愈來愈多，久而久之就都叫她作「耗子二姑」。有不少當娘親的，都用她來嚇唬不聽話的孩子：「再調皮當心半夜裡被耗子二姑抱了去！」小孩們想到那大老鼠精般的女人，往往就不敢再哭鬧不休了。

陳瞎子年輕飽學、才智過人，又有相面的本事，知道世間有這一種面畸之人，不足為奇，只不過命苦相凶，如同醜人著破衣，這一世怎生得了？就在此為眾人點破，讓他們不要胡言亂語地猜測。

羅老歪也覺得以自己剛才的舉動弄巧成拙，有失身分，只好另覓話頭，想賣弄些見識藉機找點面子回來，就問花瑪拐道：「拐子，聽說你祖上是有名的驗屍仵作，你可看得出這耗子二姑死於何因？」

花瑪拐轉身看了看那具女屍，只把眼珠轉了兩轉就已見分曉，臉上霎時間微微變色，答道：「回羅總把頭，小的不才，看這女屍唇色烏青、五官閉塞，竟像滿腔子都是屍毒，莫不是義莊裡有粽子詐了屍……將她撲死的？」

# 第六章　送屍術

花瑪拐善會察言觀色，說完後一看羅老歪的反應，就知其中名堂，隨即又陪笑道：「要說義莊裡鬧殭屍，那也是情理之中合該如此，可怪就怪在耗子二姑臉上屍毒不顯，又像是死後才被在口中灌注屍毒，小的眼拙，不知高低，怎麼敢在大掌櫃和羅帥兩位大行家面前獻醜。」

羅老歪正等他有此一言，告訴花瑪拐聽個分明。原來湘西老熊嶺的風俗奇異，在人死後的前七天，要給屍體灌注屍毒立在門板後，謂之「站僵」。凡是殭屍，不論是出於什麼原因死而不僵，其體內必有屍毒，倘若沒有站僵的祕法，不等趕屍回鄉，屍身先就自己腐爛敗壞了。

除了陳瞎子之外，其餘三人對湘西趕屍都是只聞其名而不知其實，此時由羅老歪一說，才有恍然大悟之感，果然好奇心起，加上雨夜漫長枯燥，願請羅帥賜教其中奧祕。

羅老歪有心藉機在紅姑娘面前吹噓一番自己的經歷，當下也不推辭，趕屍的事他最熟悉不過，因為早些年就曾做過趕屍的匠人。他十幾歲的時候從山東窮得活不下去了，輾轉來湘投親靠友，不過到了地方才知道遠房親戚早都死絕了，一無盤纏，二無手藝，又因自身形貌醜陋猥瑣，一看就不是善類，想找個地方當學徒、做苦力都沒人肯要。

無奈之下，只好進了綠林道，做些殺富濟貧的勾當，所謂「劫富濟貧」，只是說著好聽，因為對那些窮人貧漢，劫殺了也難得分毫利益，還難免落下禍害百姓的一個惡名。但他是外省來的，不知曉當地的風土人情，根本立不住腳，最後有人給他指了條道——去做趕屍匠，趕屍匠收學徒，務必要三個條件，一是膽大，二是長相醜陋，三是一輩子不婚娶。

在湘西趕屍的匠人多是在道門的，盛產硃砂的湘西辰州，有兩大道門，分別是「胡宅雷壇」和「金宅雷壇」，歷來趕屍的行當，都屬這兩個雷壇門下經營。羅老歪拜了個姓金的老頭，學起了金宅雷壇祕傳的趕屍術來。

湖南湘西，自古就有「送屍」、「落洞」、「放蠱」之類的神祕傳說，其中的送屍，即為「趕屍」。因為湘西山嶺崎嶇，許多地方根本不通道路，有很多北來的客商，販運木料牟取暴利，大多在汛期將伐取的巨木放在河中紮起來，順水南下，客商都隨著木筏順流漂下，等做完了生意，再穿山越嶺返鄉。

由於夷洞之地土匪橫行，又多瘴癘毒蟲，各種疾病蔓延，有水土不服的外地客商，一旦染病或遭洗劫，往往就客死在途中，外省客商們物傷其類，對這些橫死同行的遭遇非常同情，於是就湊錢建立義莊攢館，聘請趕屍匠人，使橫死者得以葉落歸根，將屍骨埋回故鄉。

說起這湘西趕屍，真是赫赫有名，傳得神乎其神，世人談之變色、畏之如虎，實際上這種異術正式的名稱，自古喚作「送屍術」，近代始有「趕屍」之說。西方人則稱其為「催屍術」，在洋人眼中這種事更加神祕，西人有「催人術」，也就是「催眠術」，他們之所以這麼稱呼大概是指給屍體催眠的意思。

因為湘西夷漢混雜，地理環境特殊，無數危岩奇峰憑空裡拔地而起，峰柱接踵綿延，直拱南天，地勢艱難險惡，群山深處根本沒有道路，人死之後抬回故鄉安葬不太現實，這就需要送屍匠送屍，但有些地方送屍匠半年才去一次，等死人多了一起運送。

死者亡去既久，難免會發生腐爛敗壞，那個時代還很排斥火葬，從不考慮骨灰罈一類的辦法。所以凡是想送回故鄉入土為安的，都要首先設法製成殭屍，這是一個先決條件。

如何才能屍而製殭呢？要想人死不腐，可以在屍體中灌注水銀，但那方法成本比較昂貴，一般人用不起，也會損壞屍體臟器。有些人便用民間祕術，在預感到自己時日無多的時候，開始定時服用少量砒霜，當然劑量是很小很小的。砒霜混合凝絡丹，還要再加上腰骨草、山陰紫茅花等奇異草藥，這些東西只要比例得當，在人活著的時候，對人體傷害不大，可人一旦停止呼吸，氣血凝固，便僵硬不腐，變為藥力製化成的那種殭屍。所以才要在門板上停屍數日，待其徹底僵化才移入棺中，如果死後灌注也並非不可，只是屍體保存得就稍微差了一些，容易發臭，義莊內耗子二姑的屍體，就是被死後灌了毒藥，立在門板後站僵。

湘西送屍的奧祕，除非是做過送屍匠的人，外人根本就無法知道這行當裡是怎麼回事，因為這行當極其神祕，其中使用的方術也絕不外傳。在道門之中，一概不提趕屍、送屍之說，那都是外人的稱呼，道門中人皆以「驅水術」呼之。

驅水術是正式的通稱，而在黑道上的暗語叫做「一碗水」，撞上送屍的隊伍很不吉利，綠林道上管這樣的事情就叫「撞水」了，現在也代指「撞邪、撞鬼」之意，因為在真正送屍的過程中，其方術全憑一碗清水，而且必兩人同行，才有效用。

兩人分作一前一後，一名送屍匠在前打著布幡，以方術引導，另一人平端一碗清水走在最後，不管這一趟送多少死屍，那些死屍都走在隊伍中間，由送屍匠前後夾持而行。

兩名送屍匠一稱「執幡的」、一稱「捧水的」，在這一行中，捧水的是最重要的角色，走一段就要在水碗中加一道符咒，這道符是〈焚符聚水醒魂咒〉：「開通天庭，使人長生。三魂七魄，回神返嬰；三魂居左，七魄在右；靜聽神命，也察不祥。行亦無人見，坐亦無人知。急急如律令！」這道符務必要湘西的辰州符，換了別家道門的符咒，則完全不起作用。

只要捧水的手中水碗不傾潑破裂，屍體就能不倒。在送屍過程中，死屍與活人無異，唯獨口不能言，其行路姿態也與活人微異，完全跟著執幡的人行動，執幡的走死人就走，執幡的人停死人也停。這種送屍隊，在明代末年湘西地區實在是太常見了，湘諺有云：「三人住店，兩人吃飯。」就指的是送屍人，意思是說三人中不吃飯的那個是死人。

送屍隊快到死人故鄉的前一天，死者必託夢給家人，其家便立即將棺木、殮服整治齊備。屍體一到家，便會立在棺前，捧水的將水一潑，屍體會立即倒入棺中，這時候就需要趕緊給死者收殮下葬，否則其屍立變，現出腐壞之形，如果已死了一個月了，立刻就會現出正常人死亡一個月後的腐爛程度。

實際上這一碗水的奇門異術，那都是早年間的勾當，到了乾隆年間便都已失傳，其失傳的原因大概就是太過保密，會這門祕術的人愈來愈少，最摸底的人也只不過僅僅知道這麼個大概，而端水送屍的原理卻更是誰也說不出來了。

直到光緒時候，不少人為了謀求暴利，把黔地生產的鴉片販運進來，便打起了走屍送水的主意，藉著民間對送屍的恐懼，利用其做為掩護，倒賣菸土軍火，同古時送屍的勾當大相逕庭，只不過更加地故弄玄虛。當年羅老歪雖沒學會送屍祕術，卻利用趕屍匠的身分大肆販運黑貨，他就是以此發家，最後當上了橫行三湘的大軍閥，所以羅老歪對那醜陋的女屍才如此放心，因為他和陳瞎子心知肚明，這義莊裡的死屍都灌了防腐藥製殭，根本不可能產生屍變。

攢基在此的死人，將來都是那些趕屍販子行私走貨的人皮口袋，不過那些人利用死人販運黑貨之後，也會想辦法將屍體送歸故土埋葬，這卻不是什麼仁義道德，只是若不如此，日後都沒辦法再將趕屍做幌子唬人了。土人們不知送屍術的內幕，才會畏之如虎，而且送屍匠都是以此為業，自然是不肯輕易把底細告訴別人，所以更是顯得邪門歪道、神神祕祕。

花瑪拐和紅姑娘等人，都聽得嘖嘖稱奇，別看羅老歪嘴歪眼斜舉止粗俗，又兼吃喝嫖賭、殺人放火沒有他不做的，可對這些民間祕術知道得如此詳細，確不愧是威懾一方的軍閥頭子，而且是卸嶺盜魁的拜把子兄弟，看來自是有他的過人之處。花瑪拐趕緊挑著大拇指奉承道：「高明，實在是高明，羅帥原來也是道門中人出身，怪不得有如此奇才！」

羅老歪灌了兩口燒酒，顯得十分得意，可當著盜魁陳瞎子的面，卻實不好過分炫耀，自嘲道：「他娘了個屌的，什麼奇才歪才，老子學趕屍的時候太過年幼，師傅身上十成的本領沒學會一成，時常都是不懂裝懂。聽俺副官說，最近南方出了位做學問的先生，寫得好文章，他說這世上原本沒有懂，但裝懂的人多了，也就慢慢有了懂。那先生說的果是有理，將來本司令要請他過來敘談敘談，給俺老羅再他奶奶的多長點裝懂的學問。」說完撇開歪嘴搖頭笑了笑，把那一壺燒酒喝了個涓滴無存。

陳瞎子也陪羅老歪喝了許多燒酒，一整天來穿山過嶺本就疲憊了，不覺酒意上湧，可心下清楚這義莊裡似有古怪，愈想愈不對勁，如何敢輕易就寢，正要囑咐啞巴崑崙摩勒小心戒備，但一瞥眼之間，忽見地上竟然有一串溼漉漉的腳印。

群盜進屋之後才開始暴雨瓢潑，其間又不曾有人出去半步，所以每個人的鞋底都是乾的。念及此處，急忙抬眼看了一看房門，兀自好端端地被門栓從裡面頂了，根本沒有開啟過的跡象，但在無人發覺的情況下，這串水漬未乾的腳印是從何而來？他耳音極好，此時也不聲張，細聽周遭響動，猛一抬頭，只見昏暗的油燈光影裡，一個全身白衣的老媼正伏在房梁上向下窺視。

# 第七章　咬耳

屋內泥水未乾的腳印顯得雜亂無章，而且模糊難辨，看不出行蹤去向，唯見足印細小，頗似舊時婦女裹的小腳，正疑惑間聽到房梁上窸窣有聲，陳瞎子忙抬頭向上觀看，只見梁上果是個白色的身影，油燈光線恍惚，一瞥之際，竟像是個全身白縞的老太婆。

瞎子暗自吃驚，心道：「此間真有邪的！」抬手之處，早將小神鋒飛擲出去，其餘幾人見盜魁陳瞎子突然出手，都知有變，各抄暗藏的槍械、匕首，發了聲喊，齊向屋後牆壁疾退，一面尋到依託，一面抬頭去看屋梁上的情形。

群盜平日裡過的都是刀頭舔血的日子，此刻臨變不亂，幾乎就在陳瞎子短刀命中的同時，都已各自退到牆邊。猛聽「托」的一聲輕響，小神鋒帶著一抹寒光戳在了木梁上，沒入寸許，紅姑娘將身邊的皮燈盞取過，舉高了一照，就見短刀正插在一幅古畫之上。

那畫中有一披麻戴孝的老嫗肖像，臉上皺褶密布，神態垂垂老朽，面目有種說不出的詭異表情，令人一看之下頓時生厭。她身旁則繪著一片殘碑亂石嶙峋的墳丘，畫像掛在房梁上已不知多少年月，紙質已現出暗黃受潮的跡象，但並沒有什麼塵土塌灰落在上面。

陳瞎子剛才聽到動靜，立刻出手，想要先發制人，卻不料房梁上竟是一幅老婦的詭異畫像，不禁「咦」了一聲，奇道：「卻又作怪，怎地這義莊裡會掛著『白老太太』的神位？」隨即省悟，是了，原來這用於攢基的破廟，曾經是供奉白老太太的，正堂被用來攢停屍體，而神像就被掛在後屋了。此事先前也曾打探過，不過剛才事出突然，沒能記起，竟是讓眾人虛驚了一場。

白老太太是個什麼神靈誰也說不清楚，只知道以前在老熊嶺附近，常有供奉她的山民，就連山外的人們，也常聽聞說山裡的愚男愚女，不分老幼，都有拜她的，可如今香火早絕了多年了。瞎子罵道：「看這老豬狗的畫像似邪非正，留之不吉，啞巴你去將那畫取下來燒了……」

沒等吩咐完，忽聽一聲貓叫，有隻花皮老貓從梁上探出半截身子，目光炯炯，望著門後耗子二姑的屍體看得出神。原來這義莊近幾日無人看護，常有野貓進來偷食，苦於並無糧食，餓貓就想啃死人肉，卻又讓棺板擋住了，貓爪撓了半夜不曾撓開。剛才雷雨大作，這老貓乘機從門縫裡溜了進來，群盜只顧著聽羅老歪講趕屍的事情，都沒留意老貓細微的動靜，牠藏在梁上被陳瞎子察覺，飛刀擊中木梁畫像，立時把牠驚了出來。

陳瞎子暗道一聲：「慚愧，想我位居群盜魁首，多少江洋的大盜、海洋的飛賊，都要尊我一聲把頭、元良，不承想今夜被隻老貓唬了。」

羅老歪等人初時以為不是鬧鬼就是有妖，正準備要大打出手，卻見是隻鬼祟的老貓，都長出一口大氣，笑罵了幾句，就把那提防的心也各自放下了，收起傢伙回身坐下，眾人自持身分，誰都不願去理會一隻老貓。

誰知那老貓看到耗子二姑那酷似老鼠的臉孔，愈看愈像老鼠，竟真將死人當作了一隻大老鼠。老貓缺了條腿，三隻貓足蹣跚著溜下房梁，兩隻貓眼忒賊兮兮地打量著女屍，根本不將屋內其餘的人看在眼裡。

陳瞎子等人正沒好氣，哪裡會知瘸貓心裡打的什麼算盤，估計牠露了行蹤，就要再從門縫逃出去，便也無心再去看牠。陳瞎子讓花瑪拐騎在啞巴脖子上，去拔釘在屋梁上的短刀小神鋒，自己則同羅老歪說些個場面話，稱自己是看那畫像古怪異常，是以出手給它一刀，破了那古畫的邪氣，倒與這跛貓無關。

正這時，忽聽紅姑娘怒喝一聲：「賊貓，大膽！」眾人急忙轉身看去，那瘸了條腿的老花貓，正蹲在耗子二姑死屍肩上，一口口咬著死人面頰的肉。牠見耗子二姑長得像老鼠，便過來啃咬，屍首臉上已經有一塊肉被牠啃了去。由於死者剛去世不久，灌入體內的砒霜尚未徹底散入全身，所以臉部沒有殭屍毒，否則一咬之下，這三足瘸貓已經中毒死了。

陳瞎子怒極，破口大罵：「賊跛貓！如此作為，真乃找死……」此時他手中的小神鋒還未收回，只好抓過羅老歪腰間插的轉輪手槍，可又從未習過槍法，知道開槍也難以命中，當下便掄槍過去對著三足瘸貓便砸。羅老歪那柄左輪手槍是美國貨，極為貴重，見陳瞎子拿了當作榔頭砸貓，一是捨不得槍，二是怕陳瞎子走了火，趕緊伸手勸他息怒。

陳瞎子自視甚高，怎容那瘸腿貓一而再、再而三地在自己面前作耍，甩脫了羅老歪，徑直對著瘸貓打將過去。但那瘸貓是隻極奸猾的老貓，可能也有幾分道行，絲毫不露畏懼之意，反倒衝著陳瞎子一齜貓牙，然後掉頭咬住耗子二姑的耳朵，一口將整個耳朵撕咬下來，叼在了口中，隨即翻身逃竄，從死屍身上躍將下來，一溜煙似地鑽入了門縫下豁口中，遁入屋外黑雨，倏然遠去。

老貓雖然缺了一足，但動作油滑詭變，轉瞬間便把「齜牙、咬耳、掉頭竄出、鑽門縫逃脫」這幾個動作一氣呵成，陳瞎子出手雖快，終究離牠有幾步距離，竟沒能碰到牠半根毫毛。

羅老歪雖然脾氣暴躁，平時殺人都不眨眼，但沒陳瞎子那般孤高，覺得老貓咬了女屍幾塊肉，將牠趕走也就是了，這裡除了大帥就是盜魁，都是黑白兩道上數得著的人物，犯不上跟隻三條腿的瘸貓過不去；另外由於屋中狹窄，紅姑娘被其餘的人擋在裡邊，她雖有心去捉那老貓，奈何被擋在了裡屋；而啞巴崑崙摩勒和花瑪拐，正疊著人梯在取梁上的短刀，所以陳瞎子一擊落空，眾人只好眼睜睜看著三足老貓叼了死人耳朵，一瘸一拐之中逃得遠了。

按說這事擱在別人也就罷了，可偏惹得陳瞎子「怒從心頭起，惡向膽邊生」，他自出世以來，輕而易舉地做了盜魁，統領天下卸嶺群盜，挖了不少古墓巨塚，經營了多少大事，並無一次落空，使得他有些目空一切，一槍沒砸中瘸貓不可忍，在羅老歪和他的手下面前失手更不可忍。惱羞之餘，一股無名的邪火油然而生，他就動了殺機，想要殺貓洩恨。

看到三足瘸貓遠遁，心裡又是猛地一閃念，卸嶺群盜向來自我標榜「盜不離道」，對王公貴族的屍體剉骨揚灰，可對一些窮苦百姓的屍首卻極為尊重，遇到路倒暴斃的窮人，都要出錢出力安葬，雖然這規矩很少有人照辦，可還畢竟是道上的行規，如今撞上了就沒有不管之理。耗子二姑臉上少一塊皮肉倒也罷了，可五官中少了一官，卻是成何體統？從古至今，在歷代葬俗喪制中，保持死者遺容的完整就是件很莊重的事，這跛貓太也可惱，絕不能輕饒了牠，最起碼也得把耗子二姑的耳朵搶回來。

說時是遲，那時卻快，這些念頭只在陳瞎子腦中一閃，他就對身後的四人交代一聲：「都別跟來，某去去就回……」話音未落，已挑開門栓，晃動身形跟了出去。那老貓去得極快，根本不容他再細想，遲上一遲恐怕就再也追不上了，當下雙腳一點地，施展出「攬燕尾」的輕功，尋蹤一路追了出去。

陳家有自家歷代傳下來的輕功，都是飛賊走千家過百戶時的必備技能，也並非像人們想像的那麼神奇。雖然輕功的名稱喚作攬燕尾，其實並不能真的追上飛燕抓住牠的燕尾，只不過是自小用草藥煮水洗澡，這叫「換骨」，能使人身體輕捷，再通過磨練提、縱、追、攀、蹬、踩、翻幾種要訣，數年之後雖不能真正做到高來高去、飛簷走壁，但翻牆越脊一類的本領遠勝於常人。

卸嶺群盜按自身藝業高低不同，在內部有不同稱呼，想做大當家的首領，必須有「翻高頭」的本事，這是一種飛賊的稱號，暗指可以徒手過高牆。陳瞎子在深山裡跟老道苦修十餘年，真得了幾分「洗髓伐毛」之異，加上他生就一雙夜眼，在大雨泥濘的黑暗中屏氣疾追，竟能緊緊跟住貓蹤，須臾間已追下了嶺子。

深山裡的天氣變化無常，這時大雨漸止、烏雲散去，一彎冷月露出頭來。三足瘸貓畢竟少了條腿，雖然進退靈動，但跑起來要比健全的貓慢得多了，所以陳瞎子藉著月色追蹤，一時倒也沒有跟丟。那老貓似乎也感覺到了後邊有追兵，自是來不及吞吃那咬下來的死人耳朵，只好集中精力逃跑。

瘸貓在山嶺下逃出一段距離，繞得幾繞，見始終無法擺脫陳瞎子的追趕，便生出詭計，斜刺裡竄入林木茂密處。陳瞎子追了半天也沒趕上瘸貓，反倒因為地上泥滑，有幾次險些掉進漆黑的山溝裡，暗罵：「好個賊貓，少了條貓腿還跑得恁般快！」咬牙切齒地追到林邊，已不見那貓的蹤影，若是自此繞山追去，多是深密林子，人行其中，仰不見天。

四下裡更是寂靜無聲，看來瘸貓逃進了林密嶺陡的險惡所在，陳瞎子暗想已經追出太遠，再進林子怕要迷失道路，不得不將腳步慢了下來，心中恨恨地罵道：「賊跛貓，真是奸猾透頂，下次教陳某撞上，也不要你的命，先割了你一條貓腿去，看你這廝還能逃得到哪去？」

眼瞅著既然追不上了，便只好回去，可是剛要轉身，突然聽那靜悄悄的老林子裡，傳來一陣陣「喵嗚……喵嗚……」的貓叫聲，悲哀的叫聲如泣似哭，更帶有一種戰慄欲死的恐懼感。貓叫聲愈來愈是驚怖，中夜聽來，聳人毛骨。

陳瞎子心中起疑，隨即停下腳步細辨林中聲音，不禁好生奇怪，那跛足老貓莫非前世不修，在林中遇到了什麼。可聽那叫聲恁地古怪不祥，都說老貓的命最大，究竟有什麼東西才能把一隻老貓嚇成這樣？他好奇心起，忍不住就想一探究竟，當下屏住呼吸，躡足潛蹤進了林子。

透過樹隙間灑下的月光，只見一株老樹後面是片墳塋，墳地裡殘碑亂石，荒草蔓延，看起來很是眼熟，十分像義莊古畫中描繪的地方。那老貓正蜷縮著趴在一塊殘碑下面，全身顫個不住，而墓碑上則出現了一幕不可思議的詭異情形，這情景使得群盜首領陳瞎子的心跳驟然加快。

# 第八章 洗腸

月色微微，陳瞎子為追瘸貓，夜探古墓林，在不知不覺中已是追出好遠。山坳中一片老林子，這片林子裡古樹盤根虯結，都生得拔天倚地。藉著月色，但見得林深處妖霧吐納，並有水流潺潺之聲，透著種種妖異不祥的氣息。

那隻老貓戰慄的叫聲就來自於一株老樹之後，陳瞎子貼身樹上，悄悄探出頭去張望。他生就一雙夜眼，在星月無光的黑夜裡，也大致能看出個輪廓，此時雲陰月暗，卻遮不住他的視線。循著老貓的慘叫聲撥林前行，原來樹後有一小片林中的空地，四周古柏森嚴環繞，空地間都是一個接一個的墳丘，丘壟間盡是荒草亂石，一泓清泉從中淌過，蜿蜒流至荒草深處，墳丘後邊都被野草滋生的夜霧遮蔽。

在那片墳地外邊的兩棵古樹之間，戳著半截殘碑，離得遠了，不能辨認出碑上有什麼字跡，但殘碑有半人多高，上面鋪著一層殘缺不全的瓦面，看樣子不是古墓的墓門，便是什麼殘破祠舍的牌樓遺址。而那隻老貓正全身瑟瑟發抖，蜷伏在碑前，耗子二姑的耳朵已經被牠從嘴中吐在地上，老貓絕望的叫聲一聲緊似一聲，聲中帶血，似乎正對著那石碑苦苦求饒。

陳瞎子仗著一身的本事，大著膽子屏住呼吸，將自己的身體掩在月光照不到的樹影中，看著那不斷顫抖哀求的老貓，不禁是愈看愈奇，心下尋思：「怪哉，這該死的跛貓在搞什麼鬼？牠為何會如此懼怕那半截殘碑？貓這種動物得天獨厚，身體柔韌靈活，很少有天敵。而且傳說貓有九命，牠們的生存能力和膽量都和牠們的好奇心一樣大，老貓若不是斷了一足，也不會去咬死人耳朵。但貓這東西，愈老愈是狡猾，怎麼就偏偏被塊古老的石碑嚇成這副模樣？莫非是碑後另有其他東西？」

陳瞎子愈想愈覺得蹊蹺異常，帶著無數疑問，再次仔細打量對面那座殘碑，想看看碑後有些什麼，但林中荒草間妖霧流動，石碑的距離已是視界極限，任他睜大了雙眼，仍是看不清碑後的情形。

正在這時，月色混合著林間吞吐不定的夜霧，使得殘碑前的一小片空地籠罩在一層朦朧怪異的光暈之下。突然見到碑後閃出一對滴溜溜亂轉的小眼睛，隨後逐漸露出一張毛茸茸的臉孔，一看之下還以為是狐狸，體態大小卻和那瘸貓差不多少，牠的形狀則像是貓鼬，頭大闊口，毛色發黃，定睛一看，那對狡黠奸猾雙眼的主人，竟是一隻小小的貍子。

那貍子神態古怪，走到老貓跟前看了看牠，瘸貓的叫聲開始變得奇怪起來，不再像先前那般驚恐絕望，而是逐漸轉為一種極不協調的低哼。這種貓叫聲聽得陳瞎子心慌意亂，胸臆間憋悶壓抑難耐，恨不得也跳出去大吼三聲，只好用牙齒輕咬舌尖，竭力控制內心不安的情緒，使自己那顆怦怦亂跳的心臟平穩了下來。

貍子一臉詭異的壞笑，盯著瘸貓看了一陣，就掉頭擺尾走向水邊，三足瘸貓又叫得幾聲，也跟在那貍子身後，僵硬緩慢地爬到泉邊喝水。陳瞎子心想：「作耍了，原來這跛貓是在這深夜林中吊吊嗓子，現在唱累了要去喝水，我倒險些被牠這迷魂陣給唬住了，不如就此乘機捉了牠好好教訓一頓，再敲斷牠一條貓腿……」

陳瞎子盤算著正想動手，但隨即發現那老貓喝水的樣子太不尋常了，三足瘸貓便像是渴死鬼投胎，在泉邊咕咚咚一陣狂灌，直喝得口鼻向外溢水了才停住不飲，卻又像是中了魔障似地仰面倒地，自行擠壓因為喝了太多山泉而脹得溜圓的肚子，把剛喝下去的水又都吐了出來。而那貍子形如鬼魅，守在旁邊一動不動地看著瘸貓飲水。

緊接著三足瘸貓又麻木地爬回泉邊一通狂飲，如此反覆不斷。陳瞎子驚訝無比，他平生多歷古怪，卻從沒撞上過這等異事，這老貓像是在用水洗刷自己的腸胃，難道是耗子二姑屍體上的肉已經浸透了殭屍毒？而這瘸貓在吃了死人肉後才發覺有毒，便用這個方法自行解救？

但這疑惑只在陳瞎子心中稍一推敲，便很快否定了它的可能性。首先耗子二姑屍體中的屍毒還未散入臉下皮肉，陳瞎子經驗老道，這點須瞞不過他，如果那跛貓只在死人臉部咬了幾口，應無大礙。

另外看那瘸腿老貓神態麻木，就像是被陰魂附體一般，完全失去了生氣，剛才那一番令人毛骨悚然的哀嚎，也絕非作偽，定是這片老林子裡的貍子把牠嚇住了，那貍子一定有什麼妖法邪術。想到這陳瞎子的手心也開始冒汗了，但他料想憑自己的本事想要脫身也是不難，暗地裡盤算：「眼下遠遠逃開恐怕反而驚動了林中的精怪，那倒弄巧成拙了。不如沉住氣看看明白，看那狸子究竟是如何作祟，若能順手除去，回去也好在羅老歪面前大吹特吹，有了此番古怪離奇的遭遇，日後須教他們刮目相看。」

朦朧的月影中，陳瞎子處在下風頭，所以墳地裡鑽出來的那隻狸子，也絕難察覺到他的存在。他凝神屏氣，繼續偷偷盯著三足瘸貓異常的舉動，說來也怪，只見那老貓反反覆覆地喝了吐、吐了喝，把腸胃中的膽汁都吐淨了，已經開始吐出暗紅色血汁，可牠硬是一聲不吭，最後終於什麼都吐不出來了，才倒地不起，瞪著兩隻絕望無神的貓眼望著天空圓月，一下下地抽搐著貓爪、貓尾，等待著死亡的降臨。

這時就見那狸子圍著倒地抽搐的瘸貓轉起了圈子，陳瞎子心裡明白，這就要見真章了，立刻全神貫注地戒備起來，一邊仔細注視著林中動靜，一邊悄悄將身體重心下移，膝蓋微微彎曲，打算萬一見勢頭不對，就可以隨時抽身逃走。

只見那狸子像是在月下閒庭信步，全身黃色的絨毛夾雜著斑斕的花紋，顯得非常罕見。陳瞎子從來沒見過長這種皮毛的狸子，心下有些嘀咕：「常聽人說狸子喜歡在墳裡扒洞躲藏，牠最能蠱惑人心，這狸子莫非真就是從墳裡鑽出來的？難道那跛貓便是著了牠的道，受到了狸子的控制？湘西山區稱狸子為黃妖，這回怕是遇上黃妖了……」

陳瞎子看得心中疑竇叢生，就這麼一走神的工夫，那狸子已慢慢走到瘸貓旁邊，用前爪輕輕捋著老貓仰起的肚腹，發出嘿嘿嘿一陣夜梟般的笑聲。三足瘸貓已經完全失去神智，任那貍子擺弄也毫無反應，但身體微微顫抖，好像心裡明白死期將至，但全身肌肉已經僵硬失控。在那雙早已失神的貓眼中，忽然流露出一絲悲哀淒苦，眼神中充滿了不甘和無助，竟流下兩行淚來。

貍子不時用爪子戳戳瘸貓身上的柔軟處，欣賞著牠哀苦求饒的情狀，頗為自得其樂，待牠耍弄夠了老貓，就低頭伸出舌頭去舔瘸貓肚腹。也不知這黃妖的舌頭是如何長的，老貓身上的貓毛，被牠隨舔隨落，頃刻間便給褪淨了毛。這老貓長得賊頭賊腦，本就不怎麼好看，全身的絨毛一失，一身溜光的貓皮上，只剩兩隻貓眼在動，那情形在月夜中，更是顯得詭異萬分。

貍子又探出一隻前爪，在老貓薄薄的肚皮上反覆摩挲，沒用多久，那隻可憐的瘸貓就被活生生地開了膛。老貓腹中盤繞的肚腸像是一盤擺在桌上的美餐，一覽無餘地呈現在貍子面前，只見貍子把洗得乾乾淨淨的貓腸一節一節地抽出來，這時候老貓還沒斷氣，四個腳爪和貓尾巴由於痛不可忍，依然在抽搐不止。貍子毫不憐憫，抽取完貓腸，咬開貓頸飲血，直到此刻，那三足瘸貓才圓睜著二目嚥掉了最後一口活氣。

陳瞎子看得暗暗稱奇：「這世上一物降一物，跛足老貓在此遇到了牠的剋星，竟然連半點反抗的餘地都沒有，而且被嚇得自己洗淨腸子等對方來吃，卻不知那貍子用什麼鬼法子迷了牠的心智，吃腸飲血前還要好一番戲弄，手段當真毒辣得緊。」

三足瘸貓體型不小，那貍子沒喝幾口貓血便已飽了，對開膛破腹的死貓再不多看一眼，轉身拖拽著掏出來的貓肚腸便向林中古碑後面走去。陳瞎子估計牠是吃飽喝足回窩了，此地不宜久留，趕緊撿回那女屍的耳朵，回去在羅老歪等人面前也好有個憑證，免得空自誇口。

想到這兒，他便趁著牠鑽入墓碑後的機會，悄無聲息地從樹後躍出。剛剛被貍子吃貓那一幕血腥的場面攪得反胃，他不知那貍子的厲害之處，並不敢輕舉妄動，只想撿起掉落在地上的死人耳朵就跑返回去。

林中處處透著妖氛詭氣，縱然有山風掠過，那草叢間生出的霧氣也始終不散，而且只停留在距地面兩三尺的高度。隨著陳瞎子接近地上的死人耳朵，他也離那塊斷碑愈來愈近，視界逐漸推移過去，但那碑後仍是黑漆漆的什麼都看不到。

陳瞎子提住一口氣，皺著眉頭摸到老貓屍體旁邊，從草地上撿起耗子二姑那隻耳朵，心想總算是把耳朵找回來了，這就能讓耗子二姑有個囫圇屍首下葬。她今生活得艱難，若有來世，也不至於做個缺少五官的破相之人，此番周全了她一個全屍，還不至墜了卸嶺群盜的名頭，否則被隻瘸貓在眼前逃掉，傳出去可是好說不好聽。

陳瞎子暗中得意，更不想驚動斷碑後的貍子，取了耳朵便悄悄離開，但不等轉身，就聽到斷碑那邊發出一陣窸窸窣窣吞咬肉食之聲。他只下意識地抬頭看了一眼，但就是這一眼，使他全身肌肉立刻陷入一種僵硬狀態，目光再也移動不開了。只見有個瘦得皮包骨頭的老媪，滿身凶服，騎著一頭雪白雪白的小毛驢，一臉不陰不陽的表情，就在斷碑後站定了死死盯著陳瞎子看。

那瘦老太婆雙眼精光四射，可她實在是太瘦了，就像是從墓裡爬出來的乾屍，可能除了皮就是骨頭，看不出她身上有一丁點兒的肉來，皮膚都跟老樹皮似地粗糙乾癟，半點血色也沒有。而且身材奇短，站起來尚且不足三尺，腦袋上戴著頂白疙瘩小帽，一雙穿著白鞋的小腳還是三寸金蓮，嘴裡邊咬著半截貓肚腸子，正自鼓了個腮，嘎吱嘎吱地嚼得帶勁。剛剛害死老貓的那隻貍子，就老老實實地蹲在白毛驢旁邊，同樣不懷好意地看著陳瞎子。

陳瞎子頭皮都炸開來了，心中叫起苦來。「媽的媽我的姥姥啊，這是白老太太顯靈了，她絕對絕對不是人，鬼知道她是個什麼怪物，在這深山老林裡碰上她，怕是我命休矣。」雖然心裡明白大事不好，應該掉頭跑路，但也不知那瘦老太婆的眼睛是怎麼回事，被那惡毒的目光一看，便會立時全身發麻，從內而外地開始打哆嗦。陳瞎子被她看得兩腿一軟倒在地上，全身就只剩下一對眼珠子還能動，只見白老太太嚼著貓肚腸，嘴角掛著幾縷血絲，歪著腦袋看了看倒在地上的陳瞎子，忽然發出一陣陰沉沉的怪笑，驅動白驢向他走來。

# 第九章　古貍碑

陳瞎子被那亂墳中的白老太太看了一眼，頓覺神魂飛蕩、毛髮森豎，全身生起一片寒栗子來，雙膝一軟跪倒在地。他心中雖然明白，但手足皆已不聽使喚，周身上下除了眼睛和喉嚨之外，根本動彈不得分毫。

瞎子暗道：「不妙，聽說五代年間多有那些奇蹤異跡的劍仙，各自懷有異術，千里萬里之間倏忽來去。也有那騎黑驢、白驢的，可日行千里，平時也不見那驢蹤影，需要騎乘的時候剪紙為驢，吹一口氣，就是驢了。這白老太太騎著的白毛驢雪白無瑕，沒有一根雜毛，看來不像是人間的凡品，八成就是其輩中人，接下來就要飛劍取我陳某人的項上首級了。」

可一轉念，卻又覺得蹊蹺，想那古時劍俠都是何等超凡脫俗的風姿？而這白老太太啃吃死貓肚腸，滿臉奸邪之相，非妖即鬼，哪裡會是什麼劍客。

就這麼瞬息之間，陳瞎子已覺行將就木，他也是通曉方術的人，猛然省悟，知道自己這是中了「圓光」之術。中國人稱攝魂迷幻之法為圓光，西洋人則稱「催眠術」，實為一理。料來那瘸腿老貓也是著了這道，才任由貍子洗腸屠宰，沒有半點反抗的餘地。

此刻那白老太太已經驅驢來到了陳瞎子身邊，她身邊那隻小貍子也人立起來，盯著陳瞎子嘿嘿一陣冷笑，嘶啞生硬的笑聲令人戰慄欲死。陳瞎子終於明白了剛剛那隻跛貓的感受，現在他只能在喉嚨中發出一些奇怪的聲音：「呵……噢……呵……」那是由於他身體過度緊繃，使聲帶顫抖振動空氣的響聲。

陳瞎子知道成了精的貍子善迷人心，只是萬萬沒想到竟然如此厲害，心裡還算明白，知道眼下先是身體不聽指揮，不消片刻之後，自己的心神也會逐漸變得模糊，便如同三足跛貓般自行洗腸，然後束手就擒，任憑那貍子和白老太太活活分食，想到那種慘狀，真是萬念俱灰。

心如死灰之下，也打算就此閉目等死，可發現身體僵硬，就連眼皮都闔不上，心中罵遍了那貍子和乾瘦老嫗的十八代祖宗。今日遭此橫死，恐怕連屍骨都剩不下了，唯有死後變為厲鬼再來報仇雪恨，若不報此仇，自己都沒臉去見家族中的列祖列宗。

困獸猶鬥，陳瞎子自然也不甘心被那貍子掏了腸子，可他愈是用力，身體愈是不聽使喚，而且由於用勁過猛，還產生了一種奇怪的反作用力，似乎所有的力量都集中到了咽喉部位，使得口中怪聲連連。他突然想起個死中求活的法子，中了這邪術，就如同「鬼壓床」的情形一般不二，只要能咬破自己的舌尖，使得全身一振，說不定就能夠從那白老太太的控制中解脫出去。

可牙關也已僵了，陳瞎子漸漸感到麻痺之意由下而上，雙眼之下有如木雕泥塑，想咬破舌尖也已不能，心想：「罷了，罷了，想我大業未成，就先不明不白地死在這古墓林中了……」

眼看陳瞎子神智一失，就會被貍子引去水邊洗腸，可無巧不成書，也算陳瞎子命不該絕，古墓林中忽然一陣撥草折枝的響聲，只聽那邊有人朗聲念道：「天地有正氣，雜然賦流形。下則為河嶽，上則為日星。於人曰浩然，沛乎塞蒼冥……」

這〈正氣歌〉中每字每句都充滿了天地間的浩然正氣，專能震懾奸邪，陳瞎子一聽之下，立刻感到身上一鬆，知覺竟自恢復了幾分，心下也清醒了，隨即明白是有高人相助，自己這條命算是撿回來了，但不知是哪路英雄這般仗義？想開口去問，但身體麻痺過久，還是說不出話來。

騎著白驢的老嫗也受到震懾，臉上一陣變色，賊眉鼠眼地環顧左右。她身邊的那隻小貍子更是受驚不小，戰戰兢兢地藏在驢下，探頭探腦地不住張望。

這時就見荒草一分，走出兩男一女三個年輕苗人，看身上裝飾都是冰家苗打扮，各背了一個大竹簍，不知裡面裝了些什麼。

那苗女持了柄花傘走在最前面，冰家苗的女子出門都有帶傘的風俗，另外還要在腰上繫花帶，都是用來防蛇及驅山鬼之用。陳瞎子看得分明，此刻他嘴裡已能出聲了，也顧不上什麼身分了，趕緊叫道：「兀那仙姑，我穿著撒家衣服，卻也是猛家漢子，快來援手救我一命，定有重謝。」

陳瞎子心裡算盤打得挺好，見那邊來的都是苗人，就趕緊報上家門，稱自己是猛家，猛就是苗，都是苗人和苗人的，她焉能見死不救？

誰知那三個苗人卻並不理睬陳瞎子，口中念念有詞，將那騎白驢的妖婦圍在當中，對著她撐開花傘。原來傘上都嵌了許多專破圓光術的鏡子，陳瞎子只覺得月下黑霧一閃，心中更加清醒了些，再看時，殘碑前哪有什麼白老太太？只有條全身灰白禿斑的老貍子，騎著好大一隻白兔。

那老貍子瘦得皮包骨頭，身上的毛都快掉禿了，只剩下遍體灰白乾瘦的老皮，但是兩隻眼睛極亮，賊溜溜地正盯著那三個苗人看。另有一隻黃毛花斑的小貍子，在三柄鏡傘合圍之下，都被逼得驚慌失措，只能在原地亂轉，先前那種囂張已極的神態，早就不知丟到哪裡去了。

陳瞎子這才知道老貍子的圓光妖術是被那三個苗人破了，障眼法一消，現出了原形，覺得身子已能動了，便一個鯉魚打挺躍將起來，想要手刃了那貍子，一雪心頭之恨。

老貍子見來人不善，也知道大事不好，一催跨下的兔子，那隻大兔子帶著老貍先衝向冰家苗女子。不等觸敵，驀地一個轉折，早已竄回了殘碑，又從斷碑上高高跳起，想要聲東擊西，趁三個苗人措手不及，從其中一個苗人的頭頂上躍過逃走。

有個形容詞叫「動如脫兔」，逃跑中的兔子速度是非常之快，趨退之間猶如閃電，看得陳瞎子眼前一花，叫道：「不好，休讓這廝走脫了。」

老兔子躥躍之勢雖快，想不到那苗人身手更快，就在兔子負了老貍從其中一個苗人頭頂躥過之際，那苗人忽地斷喝一聲，一個觔斗翻身而起，輕捷不讓飛鳥，使個「倒踢紫金冠」踢到半空。這一腳恰似流星趕月，掄出去結結實實地迎頭踢個正著，老貍和兔子頓時被踢得直飛出去，倒撞在半截殘碑上，發出骨骼碎裂的悶響。

老貍子被連踢帶撞，當即骨斷筋折，軟塌塌地掉在草裡一動不動了。牠所騎的那隻兔子後腿被撞斷了一隻，口吐鮮血，拖著傷腿，飛也似地逃進了草裡，很快就不見了蹤影。殘碑上還有隻小貍子，也就是掏老貓腸子的那隻，不等其餘兩個苗人過去捉牠，就一頭栽下石碑，瞪著雙眼吐出苦膽而亡。這傢伙膽子太小，竟是被老貍慘死的一幕情形活活嚇死了。

陳瞎子目瞪口呆，見那苗人一腳踢死老貍，豈是「凌厲」二字可以形容得來。陳瞎子是個識貨的行家，他知道那一腳根本不是什麼武術中的「倒踢紫金冠」，分明就是搬山道人踢殭屍的「魁星踢斗」，怎地這夥苗人竟會搬山道人的絕技？莫非……

還沒等陳瞎子明白過來，就聽那一腳踢死古貍的苗人走到近前來，用綠林中的隱語道：「摘星須請魁星手，搬山不搬常勝山；燒的是龍鳳如意香，飲的是五湖四海水。」

陳瞎子聽得真切，「常勝山」便是卸嶺群盜的隱語代稱，既然說出「魁星」和「搬山不搬常勝山」之語，就已知對方是「搬山道人」的首領。陳瞎子臉上一紅，暗罵這夥「月黑殺人、風高放火」的假道士太不仗義，到了湘西卻不穿道袍，偏扮成冰家苗蠻子，適才心慌也沒認出來，害得自己在他們面前出醜賣乖。但江湖上「禮」字當先，他身為常勝山的舵把子（首領之意，又作「魁首」，魁為「諸星總曜、百脈權衡」，俗稱「總瓢把子」，總而言之都是老大的意思），自是不能失了身分，便也按綠林規矩，報切口道：「常勝山上有高樓，四方英雄到此來；龍鳳如意結故交，五湖四海水滔滔。」

敘過了禮，就聽那苗人哈哈一笑，抱拳說道：「陳兄，別來無恙否？若非小弟記錯了，陳大掌櫃應該是漢人撒家，剛才怎地改換門庭，忽然自稱起是猛家苗人來了？莫不是在同我等作耍？」

陳瞎子最好面子，趕緊給自己找理由開脫，說自家祖上確是苗人，只因在漢人中廝混得久了，反倒常常忘了出處。剛才一看苗人，就覺得十分親切，畢竟是親不親故鄉人，甜不甜家鄉水，一筆又怎能寫出兩個「苗」字來。

原來這夥苗人都是搬山道人，那能使魁星踢斗的首領人稱「鷓鴣哨」。搬山道人之術，傳了不下兩千年，也是能人異士輩出，不過大多是年輕成名，英年早逝，他們暗中盜墓掘塚，一向不與外人相通往來，世上都傳言「搬山道人發古墓者，乃求不死仙藥」，未知真假。

直傳到民國年間，搬山道人中更是凋零無人，好在其中出了個「以一當百」的鷓鴣哨，他知道再憑剩餘的搬山道人尋珠，恐怕終究渺茫無望，只好破了千年傳承的禁忌，常常與卸嶺群盜相通訊息。卸嶺之輩都知道搬山道人只喜歡找藥，對金玉寶貨不感興趣，又兼鷓鴣哨本領高強，為人慷慨俠義，群盜都願結納於他。

陳瞎子同鷓鴣哨兩人，是當今世上「搬山、卸嶺」的兩大首領，早已相識多年，雖是結拜相熟的兄弟，可仍不能沒了禮數，就於林中重新剪拂了。說起別來情由，原來另外一男一女，都是鷓鴣哨同宗同族的師弟師妹，女的善通百草百花的藥性，道名「花靈」；男的血緣中色目未消，一頭鬈髮，不像中土之人，道名「老洋人」。道名並非道號，而是搬山道人的隱名和綽號，這兩個都是二十出頭的年紀，經驗尚淺，但鷓鴣哨在搬山道人中也沒其餘幫手了，只好將他們帶在身邊。

鷓鴣哨這三人欲去黔湘交界之地，盜掘夜郎王古塚，那邊廂多是洞民夷族，道家裝束多有不便，故換作冰家苗打扮。路經老熊嶺，聞得有黃妖用古廟殘碑圓光，使障眼法害人，已不知傷了多少無辜，就特意冒雨繞路過來將牠除了，卻碰巧救了陳瞎子一命。

鷓鴣哨讓老洋人和花靈拎了一老一小兩隻死貍子，對陳瞎子一拱手，就要作別。「我等終日奔波，但盼能得半日清閒，再來與陳兄相會，如今尚有要事在身，先告辭了。」

陳瞎子稍一尋思，又看搬山道人身後竹簍沉重，定是帶著掘子利器。「搬山分甲之術是盜中絕學，何不請他們助我一臂之力，破了瓶山古墓，我自取寶貨，將墓中丹藥都給了他們就是。以前從沒動過元墓，怕是有些棘手，若能合搬山、卸嶺之力，何愁大事不成？」這買賣十分划得來，於是趕緊說起老熊嶺的元代古墓之事，有意請搬山道人出手。

鷓鴣哨聞得瓶山是古時皇家煉丹求藥的所在，立即有幾分動心，不過盜發夜郎王古墓之事，早已籌畫半年之久，預計六、七天內就能了結。而瓶山古墓一切不明，怕是急切難拔，就同陳瞎子約定，他們盜了夜郎王古墓就立刻來瓶山與卸嶺群道會合，在此之前，就由陳瞎子率人探查地形。

元墓深埋大藏，在搬山分甲術面前倒算不得是什麼阻礙，只是自打進了這老熊嶺後，搬山道人們發現深山中常有兩道虹氣沖天，只在黎明之際隱沒。由於行色匆匆，還沒來得及過去查看，如今尚難斷言是墓中金玉寶氣，還是深山裡的妖氣。

# 第十章　探瓶山

搬山首領鷓鴣哨告誡陳瞎子，他曾遠遠看見深山裡雲氣不祥，雖說古墓中若有異寶奇珍，往往會有祥雲繚繞，但也可能在那深山密林裡還藏有妖物。說罷他指了指那兩隻狸子的屍體，示意這便是佐證，讓陳瞎子帶著他的手下切不可輕舉妄動，想進瓶山古墓，需以「術」為盜，等過幾天雙方會合之後，再從長計議不遲。

陳瞎子未置可否，只是點了點頭，他又想回去對手下誇一番海口，就向鷓鴣哨要了那隻老狸子的屍體。

鷓鴣哨慨然應允：「狸子肉酸，但百年老貍的骨頭碾碎後可以入藥治離魂症，是極珍貴的藥材，這灰皮白斑的老貍子道行已深，不過垂垂老朽，想是未曾修出金丹，牠的一身老肉是吃不得的，只可取骨入藥，或製迷香。」

陳瞎子謝過接了老貍屍體，他知道在中國古代的「圓光」可分真偽兩派，其真者，在圓光的過程中確實可以看到一些東西，所見人物也都可以識別，只是需要請神送神，符咒多達數百道，非常繁瑣奧妙，而假圓光術則是江湖術士行騙的鬼蜮伎倆，先以鹼水塗人形於紙，噴水便可現形。

而這老貍以荒墳為窩，常年用唾液、尿液圈繞在四周草木，無色無臭，只要進圈便會被老貍迷了心智，是一種障眼法，除非有外力介入，受困者才會清醒過來，否則只能任其宰割了。就像是真正的圓光術一樣，老貍子也是集中全部心神施術，使人神智不清看到一些奇怪的場面，可一旦受術者清醒過來，施術者就會自食其果，那隻老貍年老狡猾還能逃開，而那小貍子便承受不住，吐膽而亡了。

有了這黃妖的骨頭碾成粉，服用後可以破去各種幻術，於是陳瞎子拎了老貍屍體，別過了三個搬山道人，此時天色已經微明了，覓路回了嶺上的白老太太廟義莊。

羅老歪等人坐臥不安地候了一夜，還以為盜魁在山裡遇到不測，出去找了幾遍都不見人影，正打算提兵前來搜山，卻見陳瞎子不緊不慢地從嶺下走了回來，口中高聲念著：「天地有正氣，雜然賦流形。下則為河嶽，上則為日星……」舉止瀟灑從容，好一派出塵之態。眾人見了大為心折，暗讚總把頭真是「出口成章」，急忙前去相迎。

陳瞎子專往自己臉上貼金，添油加醋地說了一遍他是如何如何追蹤瘸貓，誤入了一片古墓林，那古貍碑中有老貍子使幻術害人，他就順手將之除了。回來的時候又遇到一夥搬山道人，受他們苦苦相邀，才共商盜墓大計直到玉兔西墜，這就耽擱了時辰。說完將那老貍子的屍體連同女屍的耳朵，一併扔在地上，讓羅老歪等人觀看。

羅老歪、花瑪拐等人驚嘆不已，連讚陳瞎子手段高強，這成了精的老貍子是何等奸猾，也被卸嶺盜魁一腳踢了個骨斷筋折。陳瞎子心中暗自得意，表面上裝得輕描淡寫毫不在乎，只讓啞巴崑崙摩勒將那老貍剝皮剔骨，又讓仵作出身的花瑪拐，把耗子二姑的耳朵給黏了回去，留個全屍，站僵之後裝殮入棺。

早上胡亂吃了些麵餅、肉脯，就去寨中找了個洞人做嚮導。湘西苗人有「生苗」與「熟苗」之分，所謂「熟苗」是那些對漢人友善，甚至相互通婚漢化，他們也能說漢人語言的苗人；「生苗」則完全相反，都隱居深山裡，頗善蠱毒蟲草之類的巫術，特別是對漢人恨之入骨。

陳瞎子所找的嚮導，自是熟苗中的熟苗，這嚮導雖然是個地道的洞蠻子，可追隨撒家客商往來經營，漢話和漢人的世故都很熟絡，對猛洞子的傳說軼事也了解不少，是個極適當的人選。於是陳瞎子就騙那蠻子嚮導，說自己這夥人聽聞瓶山險峻巍峨，是處天下罕有的奇景，這回行商走路到了老熊嶺，就想順便去遊覽一回，那洞民貪圖他們許給的酬勞，當即應允了。山裡正值雨季，隨時都有可能落雨，於是一行人換穿了草鞋和防雨的斗笠，徑直去那瓶山勘察古墓方位。

老熊嶺地處湘西腹地，當地林密谷深，而這道山嶺又形如睡臥的巨熊，隔絕了與外界的往來。當地山民談虎色變的瓶山，正是老熊嶺山脈的一條支脈，更加偏僻荒涼、人跡罕至。陳瞎子一夥盜眾，在嚮導的帶領下，一路上穿幽走綠、攀岩鑽洞，跋山涉水地走了許多路程，其中艱難自不必說。

從黎明時分出發，直走到接近正午，紅日高懸，一行人終於登上了老熊嶺後的一處危崖。這處古崖絕頂上雜草古樹叢生，居高臨下正可俯視瓶山地脈，放目下眺，只見主嶺後邊的深山中，皆是圓錐狀的奇峰危岩。座座連綿的山峰在遠處一片連著一片，如同千筍出土，萬笏朝天，峰峰相連，峰後有峰，一望無際地充塞於天地之間。

那苗人嚮導指著崖下一座岩山，「好教各位得知，那個去處便是瓶山了。」眾人放眼望過去，只見瓶山形似大腹古瓶歪斜，山勢盡得造化神奇，地形險惡剝斷，盡是猿猱絕路的斷崖。其山雖然險狀可畏，但在層巒環抱、青峰簇擁之下，顯得煙樹沉浮如在畫中，遙望山中，果真有幾處白霧升騰，霧氣中有虹色的彩氣若隱若現。

羅老歪見狀大喜，問道：「陳總把頭，那古墓想是塌了，這瓶山陷在群山環抱之地，墓中水銀汞氣揮發不去，想是凝聚成了汞霧，其中虹光可是古墓中有寶氣沖天？操他奶奶的，那紅的紅、白的白，比他娘的屌還要好看……」

陳瞎子答道：「尚未可知也，不過此山形勢果真獨特，正可謂是——山勢有藏納，土色有堅厚；地脈為高造，流水宜周旋。山上龍神不下水，水裡龍神不上山；細觀此處山與水，氣吞萬象是真龍，應當是一塊貴不可言的寶地。從高處看不出古墓入口所在，咱們還得到近處再看看。」他歷來擅長奇門遁甲、星相占卜的方技，對江西形勢宗風水也十分通曉，不過並不了解摸金校尉那套分金定穴的盜墓風水術，在高處望不出古墓格局。

說罷就請那洞人嚮導帶路，誰知那熟苗卻說什麼也不肯了。「好教各位客官知道，別看老熊嶺蠻荒閉塞，可咱這瓶山的景色之奇，確是天下別無二處，不過在此看看也就罷了，如何敢到山上去？想那山頂生長著靈芝和九龍盤，常常棲有巨蟒，等閒上去採藥的也是有去無回，而那山洞裡更有一座古墓，百年前地震，瓶山古墓裂開了幾道縫子，裡面寶氣逼人，有許多股盜墓賊和土匪想進去發財，結果還不是進去幾個死幾個，從無一人能夠從墓中出來，都說那山裡埋了屍王。諸位都是本分的生意人，好端端地何必要去那個猛惡所在？不如聽我良言，到此為止，也好早歸故里……」

羅老歪聽得不耐煩了，一腳踢翻了嚮導，掏出轉輪手槍頂在他頭上。「操你奶奶的把招子放亮點，誰是本分人？你這蠻子在山裡就沒聽說過我屠人閻王羅老歪的威名？讓你帶路就帶路，再他娘多說半個字，老子先一槍揭了你的天靈蓋，回去再殺你全家！」

羅老歪是湘陰的大軍閥，做司令之前實是殺人如麻，在當地，聞其名小兒不敢夜啼，不過在湘西老熊嶺這閉塞之地，那些洞人誰又知道他羅司令的名頭。

可有道是「名頭不如槍頭」，轉輪手槍冷冰冰的槍口頂在腦門子上，那洞人驚得險些尿了褲子，這才知道這夥客商都是響馬子，一個不對付，瞪眼就宰活人，哪裡還敢不從？連忙顫巍巍地答應了。「好教……好教諸位好漢得知，上山要先拿些木棍，打草驚蛇……」

不等嚮導把話說完，羅老歪便又踢了他一腳。「聒噪什麼，你這廝就是撥草驚蛇的棒子，你給老子在前邊蹚著草走！」

陳瞎子向來以替天行道之輩自居，雖然看不慣羅老歪身上霸道的匪氣，但他們之間是互相利用的關係，誰也離不開誰，也只好對他的行為睜一隻眼、閉一隻眼了，就任由羅老歪押著那熟苗，去瓶山上看那古墓裂開的縫隙。

一路下去，繞山走到瓶山的山口，這裡有一座中空巨岩形成的天然石門，當地土人稱其「地門」，與天門山上的「天門」齊名，從中穿過就算進了山口。這座瓶山四周峰林密布，山體雖然比那些巍峨的大山小了許多，但少說也是座數百丈的石山。

在近處一看，原來整個山就是一大塊暗青色的山石，石色暗青性屬陰寒，觸之生寒，與周圍的地貌、地質截然不同。天地造化的鬼斧神工，使這塊自打開天闢地以來便存在的巨大青石，化成了酷似一只大腹古瓶的形狀，底座陷入大地，整個瓶身狀的山體向北傾斜欲倒，後山斷崖就這麼欲倒未倒地凌空傾斜了幾千幾萬年，千分的絕險之中帶著萬分的離奇，形成了一道奇險兼備的罕見景象。

由於山體過於傾斜，岩山下墜的力量，在若干次地震後，使山勢向陽一側出現了無數大裂縫，細小一些的裂縫被山風帶來的泥土填滿，生長著一道道間隔開來的植物帶。沒裂開的地方仍都露出暗青色的岩體，那些綠色的草木點綴其上，如同古瓶上繪的圖案紋路，深淺有致，錯落連綿。

那些個極寬大的裂縫，卻未被泥土覆蓋，在瓶形山體間形成了十餘道巨大裂隙，在山體中如同刀劈斧切般直裂下去。山隙內雲霧鎖掩，深不見底，危崖兩側奇松倒掛，絕險無比。

這瓶山的形勢地貌，陳瞎子、羅老歪等人早已在老熊嶺的高崖上觀看過了，大裂縫間都有古時所造的石橋相連。眾人沿路上山，人和山比起來，小得如同爬在大瓷瓶上的螞蟻。從山口處便有條寬闊的青石古道，大道借山勢扶搖直上，穿過道道層層的叢林斷崖，曲折蜿蜒分布著九十九彎，彎彎相連，層層疊起，宛若蒼龍盤旋，直通天際。

眾人上山之時，天氣便有些陰沉，走至半山腰的時候，原本山間的虹氣都已隱去不見，取而代之的是雨霧迷濛、細雨如絲，下的都是毛毛雨，大青石山路被水氣遮蓋，到處都滑溜溜的，雨霧漸起，山形樹影都朦朧起來，變得模糊不清。

眾人被天上落下的細雨薄霧攪得心煩意亂，又擔心山路溼滑發生危險，正想找個地方避避。可這時，太陽卻突然擠破了雲層，霞光萬道照在山間，幽深處那些山石林泉，神奇地全部映在眼中，一草一葉都看得清晰無比；而未及細看，就在一瞬之間，山谷中彩霧升騰，又把幽深僻靜處遮蓋吞噬。

陳瞎子等人站在山腰望著山中奇景，只見半空雲雨起於方寸咫尺之間，幽壑林泉現於彈指一揮之際，都暗自讚嘆，這瓶山真是處煙雲變幻、奇景掩映的神仙洞府，先前誰又能想到在窮僻蠻荒的老熊嶺中，竟有如此真山真水。

這傾斜歪倒的瓶山上，共有兩處山巔，一處是比較平坦的瓶肩，這裡也有一道極寬的山澗；另一個制高點則在瓶口，上面奇樹怪石、古壁削立，是處奇絕險絕的所在。眾人站在瓶肩上環視良久，也未見有什麼巨蟒，而且那嚮導這輩子從未上過山來，對瓶山的事情都是道聽塗說，根本不知古墓的裂縫在什麼地方，氣得羅老歪想就地一槍砰了那嚮導，多虧被陳瞎子攔住。

陳瞎子見山上有土之處林木茂密，沒土層的地方則都是一體的暗青巨岩，用「望」字訣的觀泥痕辨草色之法，根本難以查知古墓地宮的方位，而且瓶山堅固，非是尋常土嶺，要漫無目的地一層層卸至地宮墓道，怕是動員數萬兵馬也難做到。

如今只好試試「聞」字訣。他讓眾人來至山巔處的深澗，只見深處白霧瀰漫，難測其底，就俯在山壁上，讓羅老歪對著山澗開上幾槍，以便施展手段，探知山中古墓的大致方位。

羅老歪將他那支大口徑的轉輪手槍對準深澗下方，一扣扳機就開了一槍，槍聲在山谷中回響良久。陳瞎子藉機施展「聞」字訣中，聽風、聽雷的「聞山辨龍」之法，他生來就是五感敏銳過人，普天之下，再無第二人有他這身本事，此時貼在壁上傾聽起來，遙聞山底空鳴，似有一處大如城郭的空間。

隨著羅老歪六發子彈射入深澗，陳瞎子已大致聽出了幾條墓道和三座地宮的輪廓，多半就是那片被占為元人墓穴的山中道觀殿宇所在，其中最大的地宮，就在山巔裂開的這道深崖下。

羅老歪聽瓶山果有古墓，地宮的入口卻在這絕壁之下，而且竟然大如城郭，那他媽得有多少金玉寶貨？常言道「豐財厚葬啟奸心」，他此時便有些等不及了，見其餘的人都在同陳瞎子俯瞰深澗，正好啞巴崑崙摩勒背著一個竹筐撂在地上，裡面裝了些乾糧水壺及成捆的繩索，羅老歪就探手將繩索取出來，扔在那熟苗嚮導眼前，逼著他用長繩墜下去探探地宮。他一臉冷冰冰的神情說道：「好教你家羅帥看看，古墓中是怎麼個有去無回。你這洞蠻子若是牙蹦半個不字，可別怪羅帥管殺不管埋。」說完就把那洞蠻子嚮導拖到崖邊，使勁向下推落。

# 第十一章 工兵掘子營

瓶山之巔的一道山隙下雲霧繚繞，這道深不見底的天然裂痕，將山腹中的古墓暴露出來，如能直達地宮，將省卻許多開山卸嶺的麻煩。但瓶山古墓的傳說流傳已久，始終無人從中盜出寶貨，當地土匪山賊曾有數度想從地震的裂縫中進入古墓，大多為此送了性命，誰也猜不透這雲霧下藏著什麼危險。

羅老歪趁其他幾人不注意，逼著那熟苗去絕壁危崖下一探古墓地宮，看看究竟是怎麼個有去無回。當時的軍閥就是天王老子，老百姓有句非常貼切的俗語，可以形容軍閥的作風——「媽拉巴子是兔票，王八盒子是護照」，吃喝嫖賭都不付錢，完事了，一拍槍匣子扭頭就走，要在山裡殺幾個草民，簡直比捏死幾個螞蟻還要平常，又如何會將一介洞蠻子的死活放在心上？

那熟苗被槍口頂在腦門子上，嚇得當場屎尿齊流，雙膝一軟跪在地上，抱住羅老歪的大腿苦苦求饒，山巔的這道深澗，陡峭險惡，膽小的單是從高處往下看看，就覺得眼暈腿顫，哪裡敢下去找什麼古墓地宮？

羅老歪怎由他分說，拎死狗一樣拽到崖邊，正要用強將他踹下崖去，卻見山腹中的彩霧忽然上升，深澗裡好似過火輪車一般隆隆回響，震得松石皆顫，猶如天崩地塌。陳瞎子臉色大變，把手一招，叫道：「是豬欄子，扯乎！」

其餘幾人見首領發訊快退，情知不妙，連羅老歪也顧不上那熟苗嚮導了，眾人掉轉了頭，飛也似地向山下逃去，到了山腰方才站住。陳瞎子長出了口氣。「險哉，這山裡果真有些名堂，深澗中的虹氣根本不是墓中寶氣，都是毒蟲吐納的妖蜃，毒蟒、蜈蚣、長蟲……此時還無法斷而言之是些什麼，但看這聲勢，只怕已是潛養百年的毒物，日頭一偏，毒蜃就從深處瀰漫升騰開來，我等適才再多留在山巔片刻，此時早已中毒送命。」

羅老歪和花瑪拐等人聞言無不心驚，當時防毒手段落後，這夥殺人如麻的盜眾不怕水火刀兵，唯獨最懼毒氣，而且不知是什麼毒物吐毒，難有解藥救治，一旦中毒就根本無法活命。在卸嶺倒斗的切口裡，有毒的古墓一率稱為「烏窖」，烏窖頭即為豬圈，古時豬欄多在糞窖邊，兩下裡氣味混合，十分難聞，人人避之惟恐不及。倒斗的稱毒在烏窖，乃為遠避之意，這種暗語在清末民初之後不再使用，自古盜墓掘塚的卸嶺力士死在烏窖中的早已不計其數。

羅老歪見山腹中有毒蟲，卻不甘心，問陳瞎子：「難道就此作罷不成？」

陳瞎子搖了搖頭，裝模作樣地道：「山人自有妙計，不過此地非是講話的所在，先回嶺上再做計較。」於是趁著天色還早，帶眾人回到嶺上的義莊裡，群盜就將這死人旅館當作了臨時指揮所。

當著陳瞎子的面，羅老歪雖沒將那洞蠻子嚮導宰了，卻也不能就此放他回去洩漏軍機，暫且扣下他充個勤務雜役，隨軍做些挑水掃地的差事。

洞蠻子撿了條命，哪裡還敢違拗這夥強人，手忙腳亂地在義莊裡收拾出一間寬敞屋子，抬了一張破八仙桌和幾把椅子擺進來。陳瞎子和羅老歪等人大大咧咧坐了，用過了酒飯，連夜密謀起如何盜得瓶山中的大墓。

倒斗卸嶺的魁首是陳瞎子，這些計畫自是由他安排，經過白天的勘察，可以斷言瓶山的山腹中，至少有三、五處很大的洞穴，相互有甬道貫通連接。甬道口在「地門」附近，雖然隱蔽嚴密，但陳瞎子擅長「聞」字訣，可聽風雨雷電來尋龍點穴，找到墓門的大概位置並不是什麼難事。只要炸藥足夠，炸開幾層地皮，肯定能扒出地下的墓門，但元墓深埋大藏，正面卸嶺破山，恐怕要耗費巨大的人力物力。

另外山巔上那道裂縫深崖，裂開的時間少說也有兩、三百年了，兩側如同刀削斧劈，底下彩霧升騰，那毒氣只有在陽光充足的時候才稍微減弱。山隙處雖然可以直通地宮，可是其中必有什麼劇毒之物將古墓占為巢穴，從深澗裡直接下去，就算能避過毒蜃妖氣，也必遭吞噬。

基於這些因素，陳瞎子覺得單憑卸嶺之力難有作為，打算等搬山道人前來相助，不過花瑪拐等人對搬山分甲術所知不多，認為都是些神乎其神的傳說都屬妄談，根本當不得真，如今是槍桿子的天下，神仙難躲一溜煙，任你通天的本事，一梭子子彈打過去，也全撂倒在槍下了，難道世上還當真有「術」不成？

陳瞎子斥道：「爾等井底之蛙，只知卸嶺倒斗憑藉人多勢大，又兼會用些炸藥土砲和籤竿器械為輔，就敢小覷天下？當今世上除卻那些散盜毛賊，盜亦有道之輩尚存摸金、搬山、卸嶺三支，摸金盜墓用『神』，卸嶺盜墓用『力』，搬山盜墓卻是用『術』，其機玄妙，神鬼莫測，大可搬山填海，小可飛渡針孔，倏忽千里，往來無礙，豈能無『術』？」

花瑪拐知道陳瞎子從不「長他人威風，滅自家銳氣」，既如此說，定是對搬山道人的分甲之術極為看重，又覺瓶山古墓非同小可，才會主張以卸嶺之力，配合搬山之術，兩夥同行事方為萬全之策，當即拜服。

羅老歪在旁聽完盜魁所說的方略，急得抓耳撓腮。「我操他個奶奶，等那群雜毛老道從黔邊回來，黃瓜菜也都涼了，這塊到了嘴邊的肥肉也當真難吃……」他捨不得讓搬山道人在瓶山插一槓子，不管搬山道人是尋藥還是尋珠，按道上的規矩，古墓裡的明器至少有一部分得被分掉。卸嶺盜眾在三湘四水之間，隨時都可以聚集幾百名盜墓高手，而且他這坐第二把交椅的羅大帥手下還有幾萬人槍，以這等實力，要挖開一座古墓竟然需要苦等那幾個道人相助？傳出去好說不好聽，今後卸嶺群盜的面子還往哪放？

羅老歪打著自家的如意算盤，勸說陳瞎子：「別等搬山道人了，咱還是單幹吧，反正手下有裝備精良的工兵掘子營，什麼樣的古墓挖不了？只要策畫得當，不愁破不了瓶山，就算死傷千八百號當兵的也無所謂。反正這年頭就是人命不值錢，只要有銀圓、有菸土，咱們豎起招兵旗，就他娘的自有吃糧人，當兵吃糧的人要多少有多少，不夠還能拉壯丁。只要把瓶山古墓盜了，發上一筆天大的橫財，咱們想要多少人槍，就他娘的能有多少人槍。」

陳瞎子本就是個自視極高的人，可以前遇著凶險之時，曾被搬山首領鷓鴣哨救過兩次性命，心中不免對此有些耿耿於懷，覺得自己始終比搬山道人遜色一籌，此時聽羅老歪這麼一吹風，稍一琢磨，也覺得言之有理。如果憑卸嶺盜眾單幹，雖然會折損不少人手，但若真成就了這件大事，將來正好可以讓鷓鴣哨那夥道士知道知道，陳某統率的卸嶺群盜究竟是何等手段。當年在山上潛心苦學了多少寒暑？這種揚名立萬的大好良機可不能失之交臂。

想到此處，陳瞎子已打定了主意，環顧眾人說道：「諸位兄弟，卸嶺群盜皆屬赤眉義軍之後，聚重結黨，嘯聚綠林，秉承祖師爺遺訓，替天行道，伐取不義。余嘗聞『飢民裹腹易子食，貴冑肉囊寢珠玉』，真乃是蒼天無眼、蒼生倒懸，今有瓶山古墓，內藏金珠無算，係以百姓血汗凝成，卸嶺之輩正可圖之，遍取墓中寶貨，成就大業，以濟亂世。」

歷代卸嶺盜魁，都沒有陳瞎子這般口才，把個盜墓的勾當說得堂堂正正、慷慨激烈，聽得羅老歪等人目瞪口呆，好生佩服，當即紛紛獻策，籌謀盜墓行動的種種安排。

陳瞎子先讓羅老歪寫了封調令，按上花押印跡，交給啞巴崑崙摩勒帶出山去，讓他火速將部隊調來。在苗疆古邊牆附近隱蔽埋伏的部隊，一共分為三批，其中一夥將近百人的，都是湘陰的響馬賊，屬於陳瞎子直接統領的卸嶺群盜，其餘的就是羅老歪手下的兩支部隊，最大的一股幾百號人，是所謂的「工兵營」。其實在這種雜牌軍閥的隊伍中，各種編制極不正規，大多數不會設立專業工兵單位。而羅老歪組建的這支部隊，也根本不修工事、排地雷，實際上就是專門用以挖墳掘墓的倒斗部隊，都是挑選出來的那種膽大不信邪、要錢不要命的，受過相關的訓練，配備有卸嶺的各種器械，還分配有不少騾馬，用來負載炸藥、土砲石，或是運輸盜挖出來的珍寶。

另外還有一支「手槍連」，成員都是羅老歪的親信，相當於督戰隊，盜墓的過程中，要是有人想私吞寶貨明器，或是開小差當逃兵的，一律就地正法，而且手槍連的士兵裝備精良，一水[6]的德國造，每人兩支二十響，戰鬥力和火力都很強。

「二十響」和「大肚匣子」，都是德國毛瑟槍的俗稱，最大的彈匣可以裝填二十發子彈，是以得名。當時的中國由於辛亥革命之後軍閥混戰不斷，國際社會對中國採取了武器禁運，限制中國軍隊採購衝鋒槍和重機槍，不過軍閥們為了加強自己部隊的火力，自有他們的辦法，鑽了個武器禁運的空子。德國產的毛瑟槍屬於自衛用手槍，不在禁運之列，可是這種槍口徑大、射程遠，殺傷力同樣不小，槍上有快慢機，撥到快機上二十發子彈，一掃出去就是一片，可以當作衝鋒槍使，而且加上槍托增加射擊精度，又可以做為卡賓槍來

6 一律。

用，從各個方面來看，都是種非常實用可靠的單兵武器。

羅老歪靠盜墓發了財，所以他就裝備了這麼一支手槍連別動隊，花大價錢請德國教官訓練，由自己直接指揮統轄。這次來湘西猛洞河老熊嶺盜墓，正好是在幾路軍閥地盤之間的真空地帶行動，搞不好就會引發武裝衝突，另外也要防止那些扛著漢陽造的工兵部隊見財起意，突然反水，所以就把手槍連也特意調了過來。

陳瞎子的意思是從墓門和地宮兩地同時動手，除了炸藥之外，還讓工兵掘子營帶了大量石灰和辰州砂，準備用這些東西來對付藏在岩縫裡的毒蟲、巨蟒。啞巴崑崙摩勒領命去了，他本是山中野人，天生的長胳膊長腿，全身筋肉虬結，兩隻腳底板全是厚厚的肉繭，活脫是隻沒毛的黑猩猩，翻山越嶺如履平地，從老熊嶺到苗疆邊牆這點路程對他來說只是小事一樁。但工兵營攜帶的輜重較多，啞巴當夜出發，大概到轉天傍晚時分，才能將部隊帶回來。

群盜部署完畢，當夜無話，轉天天一亮，又命那嚮導帶著眾人到瓶山腳下走了一遭，此次二探瓶山，則是繞山而行。只見這座瓶山四周，除了古樹參天，山縫中還有幾道或清或濁的瀑布湧出，洞蠻子嚮導說山裡本無水脈，想是雨水大了，積在山腹裡沖出泥石，瀉出了這青冥之巔。

陳瞎子見瓶山中有積水，不禁暗暗皺眉，擔心地宮浸水太多。雨水對古物侵蝕損害非常之大，若真如此，冥殿裡的明器可早就毀了，怕是要竹籃打水一場空。不過聽地尋龍時，聞得山中有數處城郭般大的地穴，中有甬道相通，即便有一兩處浸了雨水，只消墓道中門戶重疊封閉，必有相當一部分墓室是完好的，倒也無須憂慮。

一行人在瓶山四周摸排勘察，不斷能見到一些石梁石坊，大抵都是宋、元以前的建築遺跡，在元代都被拆除損毀了。元墓沒有地面建築和石人、石碑，但有些夯土封石的細微跡象，還是逃不過卸嶺盜魁的眼睛，這些所在應該都是殉葬坑，裡面不會有什麼值錢的行貨。陳瞎子邊看邊命手下的紅姑娘將瓶山地形繪在紙上備用，有道是「千尺看勢，百尺查形」，在山下觀望時，由於人的視野有限，只可觀形，難以辨勢，所以繪成圖紙，看起來更為詳明。

整座奇形怪狀的岩山雖然剝斷險惡，但仍是占據陰陽之理，顯得氣勢不凡，陳瞎子繞山轉了一圈，時已紅日欲墜，他不敢在密林中逗留太久，正要帶人回去義莊的臨時指揮所，可走著一半，忽然在林中見到一片被挖開的空墳坑，裡面線姬[7]、地鼠見人來了就被驚得紛紛亂竄，墓穴中都已長出雜草，竟是一片狼籍。見此情形，陳瞎子冷不丁想起一件事來，一把抓住那洞蠻子的領口，低聲喝問：「昨日你說瓶山裡埋著屍王？卻是什麼道理？」

洞蠻子被問陳瞎子問起此事，臉上神色突然變得比死人還要難看，彷彿大難臨頭一

---

7 指黑線姬鼠。

般。「好教首領知道，山腹中萬萬去不得，那是任誰也不敢去的，咱們洞家都曉得瓶山是片移屍地嘍。」

# 第十二章　移屍地

洞蠻子說這瓶山是塊「移屍地」，人死後裝殮到棺槨裡，下土入葬，倘若有機會再掘土啟棺，不論死的時日遠近，只要埋到瓶山附近，棺中的屍體就會不翼而飛，棺槨封土完好無損，絕沒外人動過，可棺材裡就只剩下一些陪葬的瓷瓶竹筷，死屍穿的凶服也原樣擺著，鈕子都沒解開過，但硬是見不到一星半點的屍骸。

當地人有種傳說，在元兵打過來之前，瓶山是給皇帝煉丹的禁地，除了這裡地形奇特，是處天然的洞天福地之外，還有一個重要的原因是湘西辰州盛產硃砂，從中提煉出的水銀是煉丹必不可少的原料，從延壽長生到房中術的祕藥無所不煉，所以山中一年四季藥氣十足。

時間久了，瓶山岩石泥土裡就得了能化屍消骨的藥氣，山裡埋的屍體都只剩一股氤氳屍氣，隨著地脈之氣流轉移動，蹤跡不定，故名「移屍地」。只有山腹中那元代將軍的古屍，由於是中了洞人邪術而死，殭屍難以腐爛，又得了墓中仙丹的藥力，形煉成精。

據說自從古墓裂開縫隙之後，以往每隔幾十年，就有人見到頂盔貫甲的殭屍在山中出沒，都說是親眼所見，並非虛談。湘西趕屍風俗盛行，對殭屍為祟之說尤為相信，於是風傳瓶山中埋有屍王，那些進山盜墓採藥的都被殭屍和陰兵所害，所以人人談之色變，哪個吃了熊心豹子膽敢進山腹中的古墓地宮？

陳瞎子聞言冷笑起來，他見多識廣，又怎會被這些土人的言語唬住，「移屍地」的名頭倒是聽過，但那只是春秋戰國時的巫楚傳說，世上豈能真有移屍地？元墓向來深埋大藏，裡面多有西域番子的方技防盜，陪葬品並不如中土的王孫貴族奢華，一直以來都不是大夥盜墓賊的首選目標。

可這瓶山所埋的元軍統帥是殞命陣前，他剿滅七十二洞的蠻子之時，掠獲之物必重，再加上歷代皇家在瓶山裡供奉的珍異寶貨，那地宮冥殿中所藏之豐，怕是不比帝陵差上多少。可這古墓形勢獨特，人少了卻是動不得，而且地處偏遠，消息隔絕，是以近代知道的人反而少了，否則早就應該率眾前來倒斗，又怎等得到今時今日？如今機緣已到，看來正是卸嶺群盜成就大事的機會。

陳瞎子盤算著自己這夥人是外來的，不太熟悉當地風物，沒個嚮導難以成事，不能殺人滅口，但必須先讓這嚮導安心，否則他說漏了嘴，煽動得軍心渙散，可是非同小可，就對那洞蠻子說：「不是陳某誇口，湘陰的人士，都知道我陳掌櫃最善捉鬼趕屍的方術，又兼秉性豪爽，專肯扶持好人，如今就打算率領一眾手下為民除害，去除了瓶山中的殭屍，你若肯相助，少不得有你的好處。」說著塞給那嚮導十塊大洋。

洞蠻子嚮導見這位陳大掌櫃出手豪爽，而那羅大帥瞪眼就能宰人，若有不從當場便會橫屍就地，這兩位祖宗一個紅臉、一個黑臉[8]，誰也得罪不起。在這軟硬兼施的局面之下，想逃又逃不脫，為求自保身家性命，只好言聽計從，即便是上刀山下油鍋也得跟著，再不敢說個不字，當下穿過這片被山賊挖空了的陪葬坑，引著群盜回歸老熊嶺義莊。

反覆幾次「踩過盤子、摸過局」，陳瞎子等人已是心裡有數，只等啞巴崑崙摩勒帶著工兵營到來，即可著手行事。羅老歪等得好生焦躁，不斷問陳瞎子地宮裡的寶貨是否可以車載斗量？那元代古墓中埋的元兵元將，是不是都是蒙古番兵？

陳瞎子說這些天沒白探訪，得知了許多情由，這古墓雖然自前清年間就裂開了，但一來地形險惡，二來裡面機關毒蟲甚多，小股的盜墓賊難以得手，地宮中有九成九的可能是珍寶堆積如山，所憂慮者，只是擔心風雨侵蝕嚴重。

另外元朝兵將也並非全是蒙古韃子，當年元軍掃平北國西域，南下之師和庚子年打進北京的八國聯軍差不多，皆是西域番邦的聯軍，其中也不乏投降倒戈的漢人部隊，所以葬俗未必全然相同。他們將瓶山這塊洞天福地造為墓穴，也是妄圖鎮住南朝的龍氣。瓶山自古就是皇家禁地，本就有許多防止盜藥的機關埋伏，封成墓室大藏之後，這些機括多半被保留了下來，稍後進山盜墓，對於此節卻是不可不防。

說話間天已黃昏，薄暮時啞巴帶了三股人馬混編的隊伍趕來，陳瞎子手下的百餘盜

8 此用共產黨人思想，以紅臉代表正派、黑臉代表反派，與傳統的戲曲的臉譜無涉。

眾，雖是臨時拼湊而成，但大多都是相熟的響馬，雖雜不亂，習練有素。可羅老歪手下的部隊，基本上是群烏合之眾，這些被選入工兵掘子營的軍卒，不是抽大菸的，就是嫖堂子的，再不然就是耍色子的，幾乎個個都是要錢不要命的傢伙，也只有他們才敢盜墓掘塚，毫無忌諱。

羅老歪是附近幾股軍閥的眼中釘、肉中刺，他這次離開老窩深入湘西腹地盜墓，根本就沒敢聲張出去，完全是祕密行動。他主要是擔心別的軍閥前來偷襲，另外盜墓之事畢竟名聲不好，一旦傳揚出去自己就成了眾矢之的，所以也不敢帶大部隊，每次盜墓都是一個工兵營外帶一支手槍連。而且在湘西老熊嶺盜墓，務求迅速隱密，完事了趕緊就撤，夜長夢多，整個過程最好別超過三、五天，這不像是在自家地盤，可以打著演習的名義把山封了，願意怎麼折騰就怎麼折騰。

陳瞎子見人馬齊備，這人一多動靜就大了，不可耽擱，必須盡快行動，當下命眾人先以硃砂浸過的紅綾繫了左臂，以便三隊人馬相互識別，隨後在義莊周圍紮營，休息到子夜時分開拔。將近千人的隊伍，在洞蠻子嚮導的引領下，牽騾拽馬，帶上許多的輜重，藉著月色，浩浩蕩蕩地開赴瓶山。為了封鎖消息，凡是沿途遇上的人，不問夷漢，盡數捉了，充作腳夫隨軍而行。第二天天剛濛濛亮，工兵掘子營就到了瓶山山口處的地門。

群盜並沒有在山口處挖掘墓門，還是想來點省事的，直接從山巔的斷崖上切入古墓地宮。山道曲折陡峭，馬匹到了半山腰處就已經上不去了，只好將需要的物資都由腳夫挑了，長長的隊伍沿著青石古道蜿蜒上山，從頭裡回首望去，猶如一條黃龍攀著古瓶向上蠕動。

當天上午瓶山雲霧極濃，抬頭看高處，恰似在雲霧裡，等到了高處，雲霧又在腳下了。掘子營的工兵也都知道這是上山盜墓，要是打仗難免人人退縮，可做倒斗的事，等於是去土堆裡刨狗頭金，何等的美差？最近幾個月沒發餉了，此時見終於有座古墓可挖，個個都摩拳擦掌、抖擻精神，爭先恐後地跟著長官上山，山路雖然艱險，卻也毫無怨言。

其實工兵營這幾百號人，在倒斗之事上，主要充當苦力角色，真正起作用的還都是陳瞎子那批手下。這百十名盜眾，每人都背了一個大竹簍，裡面裝著卸嶺群盜的獨門祕器「蜈蚣掛山梯」，這東西是一種按節組合的竹梯，卸嶺群盜倒斗之時，凡是上山下澗，遇著艱難險阻，都是離不得這件器械。

蜈蚣掛山梯拆開來，便是一節節小臂粗細的竹筒，材料都使最有韌性的茅竹，在油鍋裡泡過數十遍，曲成滿弓之形也不會折斷。每節竹筒兩端，都有正反兩面的套扣，筒身又有兩個竹身粗細的圓孔。使用之時當中一根縱向連接，便是一條長長的竹竿，兩側再打橫插入供人登踩的竹筒，頂上裝有掛山百子爪，遠遠一看，活像一條竹節蜈蚣。

逢著絕壁危崖無法攀登，一人輪番使用兩架蜈蚣掛山梯，勾在松石縫隙裡，就可以迅速爬上絕險的峭壁。而且名為「掛山」，也並非只能用以攀山，「山」和「斗」都是古墓的代稱，山就是指山陵。由於盜洞或是被炸藥破壞的盜洞狹窄，盜墓者很難攜帶大型器械進入，蜈蚣掛山梯能夠拆成無數小段，分由眾人攜帶在身上，在這種入口狹窄的場合裡，就可以進出自如，不為地形所限。有些古墓是鐵繩懸棺，為了防止地宮滲水，棺槨都被鐵環在墓室中高高吊起，有竹梯為輔，就在倒斗的過程中省卻了許多力氣。這種蜈蚣掛山梯的原型，是從漢代赤眉軍攻城使用的工具中演化而成，經數十代人千錘百鍊反覆修改完善，始成今日這般式樣。

陳瞎子率眾來至山巔，望到那裂谷裡仍有彩霧升騰，只是近午時已自弱了許多，山裡的毒蟒毒蟲，皆是生性喜陰，此時必是蟄伏不出，正可行事，就將手一招，命腳夫將一袋袋石灰傾入深澗。石灰包摔進谷底就破裂開來，裡面裝的石灰四濺沸騰，管他有什麼兇惡的毒物，都吃不住這陣暴嗆，即便僥倖不死，也必定遠遠逃開了。

但工兵營匆忙之間，只準備了兩百多袋石灰，拋下去時又被山風吹散了些，餘下的想要鋪滿谷底，實在是有些杯水車薪，顯得遠遠不夠。

眾人在山巔看到石灰不夠，都急得連連跺腳，不過也該著他們此番功成，這陣石灰撒下去，還是起到了極大的效力，深處那陣毒蜃漸漸消失，只剩空空茫茫的白色雲霧。陳瞎子打算先派三兩個身手利索的下去探探，便問眾人：「哪個願往？」

群盜中立刻走出兩個精壯漢子，一個是賽活猴，一個是地裡蹦，都是爬山鑽林的好手，兩人有心找個機會在盜魁面前一顯身手，此刻便表示願意冒死下去一探究竟。陳瞎子讚了聲夠膽，就命他兩人下崖。

這兩人躬身領命，口中含了一塊五毒藥餅，背著試毒的鴿籠子，腰間挎了盒子炮與短刀，黑裟蒙上口鼻，拖著兩架蜈蚣掛山梯。只見他們用倒換竹梯，穿雲撥霧，頃刻間就消失了身影，其餘的人都在山巔的斷崖邊向下張望，替他們捏了把汗，這一去是死是活，那就看這兩人的造化了。

陳瞎子表面鎮靜，但現下吉凶難料，心中也自忐忑不安，羅老歪更是不停地掏出懷表來看時間，但一直等了許久許久，眾人脖子都伸疼了、眼睛都瞪瘦了，在上面連著高聲招呼他們，可那裂谷裡卻始終靜悄悄的，不見任何動靜，只有不祥的雲霧愈聚愈濃。

# 第十三章　溶化

眾人等得正焦躁間，忽地裡一枝響箭破雲而出，裹挾著尖銳的鳴動，直射向半空，正是探墓的那兩個人發出了訊號——山巔下的深谷裡已無毒蜃。

群盜歡呼一聲，各個捋胳膊挽袖子，要請纓下去盜墓。陳瞎子做了幾年卸嶺盜魁，深知如今這年月，可不是宋江那陣子了，若想服眾，光憑嘴皮子可不行，除了仗義疏財，還要身先士卒、同甘共苦，盜墓時必須親力親為，不惜以身涉險，只有在手下面前顯出真正的過人之處，這頭把金交椅才坐得穩固。當即選了二、三十個手腳利索的好手，由自己親自率領，抬了蜈蚣掛山梯下去。

深谷裡的毒物也許只是畏懼日光，或是暫時被石灰驅退，藏入了墓中的什麼地方，現在全夥入地宮搬運寶貨還為時尚早，只有先帶些精銳敢死之士，下去徹底掃清深谷裡的隱患。

這數十人軟繩鉤和蜈蚣掛山梯並用，攀著絕壁，透雲撥霧而下，松石縫隙裡的碎石碎土，被竹梯刮得往下不斷墜落，兩邊峭壁間距狹窄攏音，一個小石子落下去也能發出好大動靜，耳中全是陣陣回音。石壁上又多有溼滑的苔蘚，藤蘿縱橫，只要有一個不慎，失足滑落墜下，或是竹梯掛得不牢，就會跌入深谷摔死。這是一種心理和體力的雙重考驗，不過群盜都是亡命之徒，跟著魁首銜枚屏息，一聲不響地望谷底攀去。

穿過幾層雲霧之後，光線越發昏暗，壁上滲著水珠，寒氣逼人，盜眾們估計離地宮愈近，陰氣也就愈重，古墓大藏在望，反倒精神為之一振。當時在山裡的照明方式，主要有燃燒竹片和松燭火把，使用洋油的馬燈不是誰都用得起的，不過盜墓賊除了備著馬燈、汽燈之外，更有從東洋礦主手裡購買的礦燈，反正五花八門，沒有統一的裝備。此時各自打開綁在身上的礦燈、馬燈，一時間在潮溼昏暗的山壁上，彷彿亮起了數十隻螢火蟲，光亮星星點點，忽上忽下地起伏晃動著。

只有陳瞎子是雙夜眼，並不需要燈燭探路，他當先下去，早已到了深壑盡處，瓶山山體上的這道裂隙，愈到下邊愈窄，最狹窄的地方兩人並肩就不能轉身，雖然說是到了底了，可裂縫切過山腹，還在繼續向下延伸。

山腹暴露在裂縫中的是處大溶洞，洞內極深極廣，只聞惡風盈谷，雖看不到遠處，卻可以覺察到裡面陰晦之氣格外深重，一座重簷歇山的大殿正在裂縫之下。這大殿高大森嚴，鋪著魚鱗般的琉璃瓦，在山縫下已塌了一個窟窿，瓦下的木椽子都露了出來，上面濺著許多剛剛拋下來的石灰，洞頂掛著一層汞霜，看樣子地宮裡以前儲有許多水銀，因為山體開裂，早都揮發盡了，只留下許多烏黑的水銀斑。陳瞎子在木椽上輕輕落足，捉了腳步走到穩固之處，隨即打個胡哨，想要聯絡先下來的「賽活猴」與「地裡蹦」兩人。

可地宮的大殿頂上雲霧瀰漫，哪有那兩個人的影子，此時花瑪拐帶著其餘的人陸續跟了下來，花瑪拐看看左右情形，問道：「大掌櫃，怎樣？」

陳瞎子道：「是座偏殿，先前來探的兩個弟兄下落不明，你等須放仔細些，先搜殿頂。」花瑪拐知道地宮裡危機四伏，急忙打個手勢，群盜紛紛亮出器械，提了馬燈，俯身貼在琉璃瓦上摸索著尋找失蹤的兩名同夥。

群盜散開來排摸過去，從崩塌的殿頂一側直搜到另一邊，更不見一個人影，兩個大活人就這麼生不見人、死不見屍了。可不久前他們還從谷底射出響箭為號，倘若是在群盜下來的這段時間裡出了意外，以陳瞎子的耳音之敏銳，在這攏音的裂谷間絕不可能聽不到動靜，不禁心中暗罵撞鬼。這瓶山是座藥山，不能等閒視之，古墓裡無事也就罷了，一旦有事，必是狠的，想到這些，更覺地宮裡陰森森的教人寒毛發乍。

到殿頂邊緣，可以看見殿後洞穴都被石條砌死，四周布著些井欄迴廊，還有湖石攏成的假山，猶如一座花園，凹處都積著許多惡臭的汙水，並且堆積著許多朽木，洞頂上搭建了許多石槽，卻不知是做什麼用的。群盜見這偏殿的門戶都被堵死，只好再回到殿頂崩塌之處，花瑪拐扔了個寸磷下去，將漆黑的殿內燒得雪亮，只見殿堂內朱漆抱柱、金碧輝煌，比之皇宮也不遑多讓。可寸磷只能照亮一瞬間，未及細看，就自熄了。

陳瞎子把手一招，立即有兩名盜夥拖過一架竹梯，順著瓦下的木椽窟窿掛了下去，有幾個膽大的拎著德國造二十響，把那機頭大張著，順著竹梯下到殿內。

雖然明知空氣流通，可為了防範毒蜃，群盜還是帶了鴿籠，裡面裝著白鴿。他們一下到殿內，那籠中的鴿子就好像受了什麼驚嚇，撲騰一個不休，眾人面面相覷，都把心懸到了嗓子眼。提著馬燈在殿內一照，當即發現情況有異，忙請首領下來查看。

陳瞎子倒握了小神鋒，帶人從竹梯下來，只見先下來的幾個盜夥，個個面無人色，原來這座偏殿裡並無棺槨，紫石方磚鋪就的地面上，擺放的都是盔甲刀矛、弓盾斧矢一類的兵器，還有數十套馬鞍，直如倉庫一般，想來都是陣亡元兵元將的殉葬之物，可往殿中一看，連陳瞎子都覺得後脖子涼颼颼的。

只見賽活猴與地裡蹦兩人的衣服鞋襪，都平平地攤在地上，衣釦也未解開，他們帶的鴿籠扔在一旁，籠門緊閉，不見任何破損，裡面的鴿子卻沒了。陳瞎子和花瑪拐等人見此情形，立刻想起了瓶山移屍地的傳說，屍體入此山，即會化為一股陰氣，難不成真有這等邪事？

陳瞎子心念一動，急忙命手下挑燈照明，用腳撥了撥那堆衣物，忽見小神鋒刀光閃爍，心知不祥，殿中怕是有什麼古怪，急忙環視四周，支起耳朵細聽了一聽，雖未覺有異，但肌膚上生出了一片片寒栗子，卻似在無聲地催促著：「快逃！快逃！」

陳瞎子遇過許多驚心動魄的事端，他身上對危險的這種直覺，嘬從一次次的死裡逃生中拿命換來的經驗，少說有得七、八成準，哪裡還顧得上再看那些衣物，嘬聲口哨，率眾返身就退。他本是身處殿心查看兩個失蹤盜夥的衣物，此刻轉身後撤，剛踏出一步，忽覺背後有人抓他肩頭。

陳瞎子雖不是驚弓之鳥，但事出突然，又萬沒料到有人敢拍他的肩膀，竟被嚇了一個寒顫出來，回頭看時，更是驚駭無比，原來跟在他身後的花瑪拐，不知怎地臉上全是膿水，好似全身淌滿了蠟燭油。

花瑪拐又是驚恐、又是疼痛，口鼻中也流出膿水，話也說不出了，只好抓住陳瞎子肩頭。就這麼一會兒工夫，他伸出來的手臂血肉全部潰爛，連他自己也不敢相信，舉著手放在眼前觀看，就這麼一眨眼的工夫，眼睜睜手臂就像蠟體遇熱般一寸寸化為清水。

群盜都驚駭欲死，都是不知所措，一愣之間，花瑪拐的腦袋就已經爛沒了，沒頭的屍身不及栽倒，就緊接著消解溶化掉了，一襲空蕩蕩的衣服落在當地，其中僅剩一大灘青水。這活生生的一個人，就在瞬息之間溶化掉了，誰也沒看清他是遇到了什麼。

花瑪拐是卸嶺群盜魁的親信，在群盜中地位頗高，想不到遭此橫死，直看得陳瞎子心中生寒。「這拐子莫不是撞著移屍地的陰氣？竟如此邪興……」饒是他臨機多變，遇此前所未聞的劇變，也難以應對，只能先撤出去再做道理。

正這時，陰森的殿內忽然「唰唰唰」一陣輕響，動靜極是詭異，百餘條花紋斑斕的大蜈蚣，都做四、五寸長，顎口中流著透明的涎液，窸窸窣窣地爬到花瑪拐的衣物中，吞吸那些膿水。緊跟著殿梁殿柱的縫隙裡，也鑽出許多蜈蚣、蜘蛛、守宮之物，毒蟲身上全是紅紋鮮豔，奇毒無匹。

原來瓶山的藥爐荒廢之後，遺下許多藥草金石，時日一久，藥氣散入土石，引得五毒聚集。這些毒蟲在古墓裂開後，將著陰宅當作了巢穴，平日裡互相吞噬傳毒，又藉藥石之效，都是奇毒無比之物，毒液中人肌膚即會使人瞬間爛為膿血，只要是血肉之軀，毛骨筋髓都剩不下分毫。也常鑽入墓中咬噬死人，將屍體化為汙水吸淨，土人無知，都將「移屍地」來解釋此種罕見的奇怪現象。

毒蟲適才被石灰驅散，躲在殿堂和山壁的縫隙深處潛伏不動，此刻暴起發難，令人猝不及防，群盜一陣大亂，接二連三地有人中毒。毒液猛烈異常，只要濺上些許，身體就會頃刻變作膿水，溶化得七零八落，撕心裂肺的哀嚎慘叫之聲，在混亂的大殿中不絕於耳。有人慌亂中扣動了槍機，殿內子彈橫飛，頓時又有數人成了同夥槍下的冤魂，轉眼間，跟盜魁下來的盜眾就已死得不剩七八了。

陳瞎子身邊的啞巴崑崙摩勒，雖然口不能言，但心思活絡，見機得好快，眼看這地宮裡盡是五毒，容不得活人停留，急忙拽著主人陳瞎子退向殿角。他身軀雖然高大，卻是趨退如電，這時要是徑直攀上竹梯出去，必被身後趕來的毒蟲吞噬，便猛地一扯蜈蚣掛山梯。

那竹梯堅韌牢固，竟被他扯斷了一截，並將殿上朽爛的木椽子拽斷了許多，上面的磚瓦石灰一齊落下，濺得地上白煙四起，蜈蚣之類的毒蟲懼怕石灰，嗆得狠了就會仰腹扭曲身亡，石灰飛濺起來便都四散避開，露出一片空當兒。

陳瞎子等人遮住眼睛口鼻，避過這陣飛騰的石灰，瞥見竹梯毀了，想要奪路而逃只有從殿門出去。不料木椽脫落得多了，承受不住天頂上的一根橫梁，這梁是「九橫八縱一金梁」中的橫椽之一，雖非主梁，也有數抱粗細，由於年久失修，常受風雨侵蝕，此時竟然轟隆一聲，帶著許多瓦片木塊，從主梁上傾斜滑落而下，直照著群盜砸來。

這根橫梁若是砸將下來，實有雷霆之力，縱然避過了，也會被逼入沒有石灰的地方遭到毒蟲圍攻，使進殿之人個個死無全屍。啞巴崑崙摩勒早年貧苦流浪，受過陳瞎子的恩惠，暗中發誓要死心塌地地追隨報效，此時救人心切，一把推開眾人，扯開站樁的馬步，使了個托塔天王的架式，張開蒲扇般的大手，竟是硬生生接住了落下的木梁，整個身子被慣性所衝，猛地向下一頓。縱是啞巴天生的崑崙神力，也覺得眼前一黑，嗓子眼發甜，險些吐出血來，胸前掛的馬燈都被這股勁風帶得差點熄滅了，拚著粉身碎骨，給首領陳瞎子留出了一條生路。

陳瞎子捨不得讓忠心耿耿追隨自己多年的啞巴就這麼死在地宮裡，想要回去接應他出來，但其餘幾個盜夥都知道啞巴死了是小事、首領性命才最為要緊，盜魁要是死在這墓中，卸嶺群盜就是群龍無首的一盤散沙，此刻事急從權，也顧不上尊卑之序了，不由分說，捨死拽住陳瞎子，撞開殿門，將他向外倒拖了出去。

陳瞎子心如火焚，喉嚨中似乎被什麼東西堵住了，空張著嘴，想喊也喊不出來，他眼睜睜看著啞巴已支撐不住橫梁重壓，隨時都會吐血身亡，可數條花紋斑駁的蜈蚣，卻早已先趁著石灰塵埃落定之機，遊走著竄上了他的雙腿，恐怕不等他被橫梁壓死，就已先讓巨毒的蜈蚣咬作一灘膿血了。

# 第十四章 騰雲駕霧

陳瞎子見崑崙摩勒捨命相救，他卸嶺群盜都是做聚夥的勾當，最重「義氣」二字，身為首領怎能只顧自己脫身？喉嚨中低吼一聲，甩開拖著他逃跑的兩名盜夥，腳下一點地，直衝回大殿，抬腳處踢起一片白灰，將爬上啞巴大腿的幾條蜈蚣趕開。

此時啞巴托舉木梁，早已不堪重負，瞪著牛眼，鼻息粗重，見身為天下群賊首領的盜魁竟然冒死回來救援，心中好生感激，滿是紅絲的眼睛中險些流下淚來，不過被重梁壓迫根本無法抽身出來，片刻也難支撐，有心讓首領快退出去，但苦於口不能言，只是直勾勾瞪著陳瞎子。

陳瞎子也不愧是一眾盜賊的大當家，真有臨機應變的急智，見有一截折斷的蜈蚣掛山梯被丟在一旁，當即抬腳勾過來抄在手裡，這竹梯可長可短，實際上也無截斷之說，可以隨意拆卸組裝了繼續使用，而且輕便堅韌，非是普通竹製器物可比。

陳瞎子將竹梯拿在手中的同時，啞巴崑崙摩勒便已支撐不住，天崩地塌般的倒了下來，大木梁隨即跟著下壓，說時遲，那時快，陳瞎子將手中竹梯豎起，立在梁下，那木梁壓到竹梯上稍微頓了一頓，竹梯韌性就已承受不住這股巨力，只聽「啪嚓」一聲，這半架蜈蚣掛山梯登時裂成碎片，木梁轟然落地。

木梁的下落之勢，也就是這麼稍一延遲，陳瞎子已乘機拽住啞巴，使他從梁下脫身出來。牽一髮而動全身，橫梁的倒塌，使得整座重簷歇山大殿出現了瓦解崩塌之兆，泥土碎瓦嗤嗤掉落。

陳瞎子拽了啞巴崑崙摩勒躍出殿門，對門外幾個盜夥叫個「燒」字，那幾人會意過來，急忙將馬燈摔入殿內，馬燈在朱漆抱柱上撞碎了燈盞，裡面的洋油和火頭淌了出來。大殿本就以木料為主體結構，被火頭一燎，烈火頓時呼啦啦燒了起來，成群的蜈蚣都被燒死在其中。

陳瞎子乘亂查看啞巴是否受傷，這崑崙摩勒從閻王殿前轉了個來回，猶如已經死了一遭，雖是熊心虎膽之輩，也不由得神情委頓，直到嘔了一口鮮血出來，胸口裡被重壓窒住的一股氣息才得以平復，對眾人連連擺手，示意死不了。

群盜在古墓中放起火來，正想要另覓出路，這殿門外是片花園般的庭院，也是昔時洞天中的一處古蹟，不過那些假山園林中也藏有毒物，被殿中火勢所驚，紛紛從岩石樹根的縫隙中遊走出來，瞧得人眼也花了。倖存的幾個人被困在地宮中無從進退，只好互相打個手勢，要從開始著火的大殿頂部，按原路攀著絕壁回去。

但其餘幾架蜈蚣掛山梯都放在殿頂，群盜雖有翻高頭的本事，奈何大殿太高無法攀登，正急得沒處豁，忽見殿頂紅衣晃動，原來是留在山隙處把風的紅姑娘聽到下面動靜不對，便帶著幾個盜夥下來接應，眼見勢危，急忙把竹梯放了下來。陳瞎子等人抓著了救命稻草，哪敢再在這極陰極毒的地宮裡耽擱，攀著竹梯就火燒屁股般地逃了上去，真是「急急如喪家之犬，忙忙似漏網之魚」。

陳瞎子爬到殿頂，覺得腳下屋瓦顫抖、灼熱難當，殿中火頭想是已燒得七七八八了，想不到一盞茶的工夫，就有二十幾個弟兄死在了這古墓的偏殿之中，心中不禁黯然。這次當真大意了，但誰又會想到地宮裡有這麼多蜈蚣，而且毒性之猛，普通的防毒祕藥根本奈何牠們不得，雖帶了五毒藥餅，也沒起到絲毫效用，不過眼下生死關頭，還不是懊惱悔恨之時，當即一咬牙關，帶著眾人伸展竹梯，從刀削般的絕壁上，直望山巔的出口爬了上去。

剩下的這幾個人，用蜈蚣掛山梯前端的「百子掛山勾」鎖住岩縫，或是直接掛住橫生出來的松樹枝幹，幾架竹梯輪番使用，在鏡面一樣的絕壁上攀援而上。這些人中就屬啞巴崑崙摩勒最善攀爬，愈是險處，愈是能施展他一身猿猱般的本領，他和紅姑娘保在陳瞎子身側，跟著眾人愈上愈高，穿過白茫茫的霧氣，已見到一線天光刺眼，眼看脫身在即。

腳下則是雲霧繚繞，望下看去心驚膽寒，饒是群盜賊膽包天，九死一生地逃到這裡，也已是個個手軟腳顫、腿肚子打哆嗦，不敢再向深谷裡看上一眼了。

陳瞎子更是心焦，身在絕險的古壁上攀爬竹梯，卻是滿心的不甘，見紅姑娘遞過掛山梯來，隨手接過，搭在頭頂的岩隙中，三倒兩躥就爬到了竹梯頂端。提氣踏住竹梯，赫然見到眼前的青石縫裡，生著一隻海碗般大的紅色靈芝，他心中正自煩亂，見是株懸崖絕壁上生長的靈芝草，想也沒想，就伸手去採。

不料那靈芝被谷中的毒蜃浸潤，早已枯化了，空具其形，一碰之下，頓時碎為一團鮮紅的粉末，在他面前飄散開來，陳瞎子心中猛地一動，「有毒！」在古墓地宮裡，花瑪拐全身溶化成熱蠟般的情形，立刻在他腦中閃現，正所謂「一朝被蛇咬，十年怕井繩」，一驚之下，全然忘記了處在深谷峭壁之上，只顧躲閃那團血紅的粉塵，竟用腳猛地一蹬石壁，手中抓著的蜈蚣掛山梯也未放開，連人帶梯離了石壁，等明白過來的時候也晚了，已然懸在了空中，忽地一聲，直墜向雲霧深處。

攀在陳瞎子下方的啞巴聽到風聲不對，急忙抬頭看去，恰好陳瞎子從半空拖著竹梯落下，啞巴崑崙摩勒眼疾手快，趕忙將手中正拖著的一架蜈蚣掛山梯伸出，正搭在陳瞎子的竹梯一端。可啞巴管前顧不了後，雖然兩架竹梯勾了個結實，他掛在山壁上的那架竹梯，卻因用力過猛從岩縫裡鬆脫了，兩人做一堆又往谷底跌落。

陳瞎子和崑崙摩勒兩人，向下落了不到數尺，正巧石壁上有株橫生在岩縫裡的古松，兩架掛在一起的竹梯被松樹攔住。蜈蚣掛山梯都用特殊竹筒製成，韌性奇佳，兩人各自抓住一端，被懸吊在了半空，兩架竹梯頓時被下墜的重力扯成了一張彎弓。顫顫巍巍之際，兩人身體就像是天秤般搖搖晃晃地一起一落，四條腿在深澗流雲中憑空亂蹬，想踩到山壁上凹凸不平的地方將身體穩住。但山壁上都是綠苔，一踩就滑出一條印痕，石屑綠苔紛紛掉落，情況危險到了極點。

不等兩人再有動作，陳瞎子的竹梯前端百子勾就吃不住力，一聲悶響折為兩段，啞巴雖還掛在松樹上，可陳瞎子卻再次向下跌落，這回再無遮攔，耳畔只聞得呼呼風響，腦中「嗡」的一聲，在一瞬間變成了空白，但陳瞎子自小下了二十年苦功，練就了一身以南派腰馬為根基的輕功，在這種千鈞一髮的危急時刻，那二十年苦功終於顯示了作用。

他下墜的過程中看到兩側山壁岩面間的空隙愈來愈窄，瓶山上的這道大裂隙馬上就要到底了，好在面臨奇險，心中還未亂得失去理智，非常清楚如果此刻再有遲疑，腦袋就先撞到石頭上了。他身在半空中將全身力量灌注於腰腿之間，把始終緊緊握在手中的蜈蚣掛山梯猛地打了個橫，隨著一陣竹子摩擦岩石的刺耳聲響反覆激盪，蜈蚣掛山梯用它的長度和韌性，硬生生橫卡在了收攏的兩道山壁之間。

陳瞎子吊在竹梯下邊，感覺天旋地轉，雙手都被破損的竹坯割出了許多口子，加上剛才把蜈蚣掛山梯橫甩之際，把胳膊挫了一下，差點沒掉環兒，這時候好像兩條胳膊已經和身子離骨了，除了一陣陣發麻，竟然完全不覺得疼。

這架蜈蚣掛山梯已經發揮了它自身數倍以上的功效，此刻已是強弩之末，他的身子再多懸一會兒，梯子非斷不可。於是趕緊用盡最後一點力氣，攀回梯子，附近只有一塊很小的凸岩可以立足，想也沒想就立刻站了上去，張開雙臂，平貼在冷冰冰的岩壁上，心中狂念了數遍：「祖師爺顯靈。」

陳瞎子緩了片刻，心神稍定，看了看前後左右，心想自己現在這是在哪？上下左右全是白濛濛的霧氣，前後兩側是陡峭的山壁，下面還遠遠沒到底，但看石山裂縫的走勢，少說下面還有十餘丈深才能合攏。由於上行下行之時，為求岩縫松石的縫隙掛山而行，並不一定是直上直下的方向，這回落下來卻已遠遠偏離了那座古墓裡的大殿。

山底的空氣還有幾分陰寒潮冷，石壁上盡是溼滑的綠苔，據他估計距離大岩縫底部還有十多丈的高度，而且白霧中的能見距離只有十餘步，縱有夜眼也看不清下面的地形。拿鼻子一嗅，聞到古墓中燃燒的味道，算是知道了大致的方位是離此十餘丈開外，估摸這處山縫的最底下不是亂石，便是更窄的縫隙，跳下去等於是自己找死，最要命的是蜈蚣掛山梯已經快散了，無法再用。

陳瞎子又向上望了望，在這深縫裡根本不見天日，而且這裡邊還不太攏音，無法大聲喊叫通知啞巴等人，上邊的人望下喊他也聽不到。絕壁上那唯一可以容身的凸岩又窄又陡，必須張開身體貼在山壁上才能立足，剛站了一會兒便已腿腳發痠，暗道不妙，就算有手下前來救應，等他們一步步攀到這裡，黃瓜菜也都涼了。

陳瞎子心中有數，如今已入絕境，自己最多能維持這個姿勢在山壁上站一盞茶的工夫，到時候腿一軟，就得一頭栽到最底下去。在摔死之前自己可以有兩個選擇，第一是苦等救援，但遠水不解近渴，不能全指望其餘盜眾能及時找到自己，另外便是憑著自己的身手，找到能攀爬的地方，攀岩下到大裂縫的底部，看看兩側有沒有路可以出山。

稍一思量，他便已想明白了，要想活命還得靠自己，而且時間拖得愈久愈為不利，強忍著腰腿拉伸著的痠麻，望著附近的山岩，想找下一個立足點，以便能逐步下到底部。但霧氣太濃，稍遠處全籠在霧中，只是在左側的斜下方，白霧中若隱若現有個陰影，細加辨認，那東西像是長在山壁上的一株歪脖子松樹。

陳瞎子為了確定那裡是否承得住他，先摳下一塊碎石扔將過去，石頭打在樹幹上傳出「啪」的一聲響，然後石頭又滾落下去，隔了許久才傳上來石頭落地的聲音。復又掐算了一下距離，懸在半空不能助跑，直接跳過去的把握不大，但除了那霧中的歪脖子松樹之外，四周都是近乎直上直下的山壁，再無其餘的地方可以落腳，手腳已經越發痠麻，再耗上片刻必死無疑。

由於長時間保持一個姿勢，陳瞎子的腿已經開始打哆嗦了，他咬了咬牙，決定孤注一擲跳到那株歪脖子松樹上，閉上眼睛讓自己盡量放鬆一點。擬定先一步躥出，踩到那架橫卡在山隙間的蜈蚣掛山梯上，再躍向最遠處的歪脖子松，這樣是最為穩妥的，但前提是蜈蚣掛山梯還禁得住他一踏之力。

體力和時間都不允許他再多想了，陳瞎子把生死二字置之度外，深深吸一口氣，雙手在壁上輕輕一撐，橫著一步跨了出去，飛身提氣踏向了蜈蚣掛山梯。這一下是開弓沒有回頭箭，拿自己的生命做乾坤一擲，決定生死的一步就在這瞬息之間躍了出去。

腳掌剛踩到竹梯，立刻猛地向下一沉，竹梯被踏成了一張彎弓，僅存的韌性把陳瞎子彈了起來，隨後蜈蚣掛山梯咯嚓一聲從中斷開，落進了亂雲迷霧深處。藉著那一彈之力，他口中呼嘯一聲，全身凌空躍向雲中的歪脖子松樹。他已竭盡所能，盡量貓腰弓身，雙臂展開，耳邊氣流呼呼作響，整個人像是一隻大鳥般落向斜下方的古松。可就在他將要落地還沒落地的那一瞬間，隨著距離愈來愈近，霧中的古松也愈來愈清晰，但他看那亂雲間的松樹黑乎乎在微微顫動，好像根本不是什麼松樹。

陳瞎子心中大驚，但身體已經落下，他就是大羅金仙也不可能中途轉折，還沒等他看明白那原本以為是歪脖子松的東西是什麼，雙腳便已踏到一處好似枯樹皮的地方，身體也隨即被下落的力道摜倒在地。

大裂縫愈往深處光線愈暗，而且底部白霧更濃，陳瞎子剛剛著地，還立足未穩，只見落足之處是一層層黝黑發亮的甲殼，竟像一隻大蜈蚣的腦殼。沒來得及再看，眼前就是一花，轟隆一聲騰雲駕霧般迅速升向天空。

巨大衝擊慣性使陳瞎子一個踉蹌，哪裡還顧得上看腳下的是什麼東西，他手底下當真了得，雙手死死扒住能著手的地方，面前百丈高的陡峭山壁飛快地在眼前晃過，身體被一股巨大的力量托了起來，穿破雲霧，愈升愈高。

# 第十五章 驚翅

山巔上的群盜正自望眼欲穿，正這時候，忽聽下方山壁像開了鍋似地「嘩啦啦嘩啦啦」一陣亂響，這幾百號人都被突如其來的劇烈響聲所懾，擠到崖邊望下一張，都驚得張大了嘴，簡直不敢相信眼前所見。

只見山隙深處的亂雲濃霧，被一團黑氣沖得四散，一條一丈許長的大蜈蚣從谷底飛快地爬了上來。這大蜈蚣以扁平之環節合成二十二節，頭頂烏黑，第一節呈黃褐色，其餘各節背面深藍色，腹面暗黃，每節有足五對，生口邊者變為腮腳，鉤爪銳利靈動。

最奇的是這蜈蚣背生六翅，三對翅膀都是透明的，猶如蜻蜓翼翅也似，全身冒著黑氣，背脊上從頭到尾有條明顯的紅痕，百餘隻步足分列兩側，鬚爪皆動，抓撓著近乎垂直的絕壁，恰似一條黑龍般轟隆隆遊走而上。

更令眾人意想不到的是六翅蜈蚣頭上還趴著個人，那人身著青袍、背有鴿籠、臂上繫了條硃砂綾子，衣襟紅綾「呼烈烈」地隨風飄動。不是旁人，正是卸嶺盜魁陳瞎子，他抓著大蜈蚣頭上的一對顎牙拚命扯動，大蜈蚣顯然是受了驚，從深澗裡捲著一陣黑風，沿著陡峭的絕壁衝上山巔。

這蜈蚣性喜陰暗，在白晝間潛伏在陰溼的谷底，有陽光的時候輕易不肯現身，誰知被陳瞎子誤打誤撞，竟然跳到了牠的頭頂，頓時驚得牠竄上山巔，竟也忘了吐毒，到得絕壁盡處，猛地鞠起腰來，首尾著力，一跳便有十餘丈高。

留在山巔的盜眾裡面，也不乏見多識廣的，但無論如何沒料到從幾百丈深的山縫中，會竄出這麼大一條蜈蚣。凡是蜈蚣之屬，均以步足多少判定習性猛惡，混亂中來不及細數，但這蜈蚣的步足之多，足以到讓人頭皮發麻發乍的程度，而且老蜈蚣活上百年才能生出一對翅來，牠竟有六翼，這得有多大道行？

卸嶺群盜裡工兵營和手槍連的軍卒都帶得有槍，可見了這蜈蚣的聲勢都自駭得呆了，發一聲喊，四下裡散開躲避，誰也沒顧得上開槍。不過如此一來，倒是救了陳瞎子的性命，否則亂槍齊發，他就不免被射成篩子。

可眼下陳瞎子的境地也好不到哪去，他被這蜈蚣向上迅速爬行躥出的力量扯動，身體如同一隻毫無重量的紙鳶，但知道一放手就得摔成肉餅。忽然陽光耀眼，蜈蚣竟是離開崖壁躍在了空中，牠那三對翅膀只是擺設，從谷底狂衝上天，全藉著受驚後亂竄而形成的一股巨大衝擊力，見天光明亮，哪裡還肯停留，在半空中一個轉折，便擺頭甩尾地落了下去。掉頭遁入深澗，將一名攀在岩壁上的盜夥撞下了深澗，瞬時之間就隱沒進亂雲之中，隨著一陣爆炒鹽豆般的抓撓牆壁之聲止歇，六翅蜈蚣就此不見了蹤影。

陳瞎子在這六翅大蜈蚣下落時被從頭頂甩落，翻著觔斗跌落在山巔的一株大樹樹冠上，好在那樹枝繁葉茂，並未傷到筋骨。即使這樣，也覺全身疼得徹骨，摔了個「一佛出世，二佛生天」，腦袋裡七葷八素的，全然不知天上地下。

羅老歪見那大蜈蚣遁入雲深處，這才掏出槍來射殺了幾名逃兵，收攏住部隊，趕過去將陳瞎子從樹上抬了下來，此時啞巴崑崙摩勒等人也爬上山巔，眾人惦記首領安危，都湊過來看陳瞎子的死活。

羅老歪連著呼喚了數聲，陳瞎子緊閉的雙眼方才睜開，「啊」了一聲，疼得他直嘬牙花子，剛才從下到上，又從上到下，幾個來回下來，頭都暈到家了，眼前金星亂冒，看什麼東西都是重影的，緩了半天才怔怔地對羅老歪說：「羅帥啊……你怎麼長了兩腦袋？」

羅老歪通過盜墓大發橫財擴充軍備的計畫全指望著陳瞎子，此時見他無恙，自是不勝之喜。而且剛才人人親眼目睹，陳瞎子站在蜈蚣頭上飛至半空，又自毫髮無損地逃脫險境，那豈是尋常之輩能做到的？眾人都讚嘆道：「陳總把頭，不愧是綠林道上的總瓢把子，真有通天的手段，今日親眼得見，實令我等心服口服，願誓死追隨左右……」

陳瞎子驚魂未定，但卸嶺魁首的風度卻不能失了，勉強咧嘴笑了一笑，哆哆嗦嗦地抱拳說道：「承讓、承讓，英雄身後是英雄，好漢身邊有好漢，若不是眾弟兄義氣深重，肯出死力捨命相助，就算陳某人有三頭六臂，恐怕也活不到現在了。」

說著話陳瞎子就想掙扎著站起身來，可才發現兩條腿像麵條般發軟，軀殼中「三魂飄揚、七魄飛蕩」，又哪裡站得起身。

羅老歪趕緊一招手，喚過幾個手下，湘西山路多，即便是有權有勢之人，出門騎馬乘轎也都不方便，所以兩人抬的滑竿比較普遍，就找了副滑竿把陳瞎子抬了，重整了隊形，退回瓶山腳下。

直到日暮黃昏，陳瞎子才算還了陽，這回盜墓出師不利，遭遇了前所未有的挫敗，愈琢磨愈是不甘，有幾分後悔沒聽搬山道人鷓鴣哨的話。但是身為卸嶺魁首，率眾盜墓無獲，今後還有何面目與人說長道短？綠林道上命不值什麼，反倒是臉面最為重要，可就算再帶人進入地宮，也無非重蹈覆轍，那古墓裡簡直就是毒蠱的巢穴，單憑卸嶺之力根本就沒法對付。

正在陳瞎子猶豫躊躇之際，紅姑娘在旁勸道：「如今遠入洞夷之地，天時地利已失，何不暫且退回湘陰，徐圖良策……」

羅老歪一聽紅姑娘勸陳瞎子退兵，那如何使得？不等她說完，就插口打斷了話頭：「且住，我羅老歪是行伍中人，圖的是旗開得勝，最忌無功而返，既然帶著弟兄們來了，空手回去怎麼交代？乾脆一不做二不休，從上邊進不去，就從山底挖開墓門，一步步鋪著石灰過去，這在兵法上叫步步為營，雖是吃些工夫，卻最是沒有破綻，就算墓中有條六翅蜈蚣，我操他奶奶，老子叫手下幾道排槍打過去，也管保射牠百十個透明窟窿。」

羅老歪說完，正好看見紅姑娘在晚霞中容顏之美，加上眉宇間英氣颯然，實是明豔不可方物，忍不住又動了先前的念頭。他知道紅姑娘最大的心願，是在大上海重振月亮門的古彩戲法，便勸她道：「咱們盜墓取財，就是為了在亂世中成就一場大業，將來等天下平定了，妳羅大哥和陳總把頭免不了封王拜將，到那時，妳自是要去燈紅酒綠的上海灘，憑妹子妳這小身段和月亮門古彩戲法的手段，加上我不惜血本地來捧妳，那真是要錢給錢、要人給人，一定捧妳捧得像屌一樣紅……」

羅老歪話未說完，臉上就中了紅姑娘一記響亮的耳光，她出手如電，羅老歪臉頰被打得熱辣辣地疼，歪斜的嘴角險些被這一巴掌給抽正了。羅老歪雖是自知剛才一時興起，說走了嘴露出髒話，但自打他當了土皇帝般的軍閥頭子，誰又敢動他羅帥一根汗毛？不禁惱羞成怒，當場就想掏槍斃了這不識抬舉的女子。

陳瞎子素知紅姑娘性格激烈，寧為玉碎不為瓦全，為了報仇，曾將仇人全家滅門，而羅老歪更是殺人不眨眼的草頭閻王，這兩人爭鬥起來可大為不妙，趕緊從中勸道：「羅帥且息雷霆之怒，慢發虎狼之威。愚兄善會看相，早就觀出你是胎裡道（指沒生下來就有道行），只因早年殺人太多，在大德上虧失了些，致使仙骨漸微，不過將來功行透了，也必然有面南背北的時日。想這紅姑娘也是有道骨的，剛才她這一巴掌，拍掉了你三年的晦氣，看來羅帥皇圖霸業指日可成，可喜可賀。」

羅老歪對陳瞎子的本事一向佩服，聽他這麼一說，也就信了八、九分，色迷迷地瞪了紅姑娘幾眼，撇著嘴道：「老子也是俠骨柔腸的性情中人，怎會跟弱女子一般見識？將來妹子手癢了，只管再來打過，本帥這張臉，我操他奶奶，根本就是為妳長的。」

陳瞎子怕他再胡說下去，又惹出什麼禍來，那紅姑娘絕不會是那種看你羅老歪手下有幾萬人馬就不敢動你的人，她真惱起來就連皇帝老子也是敢宰。這兩個一個有勢力、一個有本事，都是卸嶺魁首的左膀右臂，怎能讓他們自亂陣腳，於是趕緊將話頭帶過，部署二進瓶山盜墓的事宜。

如今看來，無論從山巔上傾倒多少袋石灰，也難以波及藏在岩縫地宮裡的毒蟲，再從絕壁下去還是照樣得餵了蜈蚣，而且那條藏在深處的六翅蜈蚣，恐怕用石灰都嗆不死牠，只有亂槍齊發才能把牠射殺。但大批部隊無法從絕壁下到地宮，只能從墓道裡進去，也只有按羅老歪說的法子，從墓道中步步為營切入冥殿。

首先是趕緊派人回去，加運所需物資，隨後，又教其餘的部隊都部署在瓶山底下的地門附近，按陳瞎子的指示挖掘墓門。

陳瞎子利用他拿手的聞地之術，大致上規畫了幾個方位，都可能是墓道的入口，於是羅老歪指揮著工兵部隊，連夜裡挑起燈來挖掘。

到得中夜，山裡忽然風雨如晦，雨勢愈來愈大，天地間一片漆黑，只聽得雷聲滾滾。遇上這麼大的雨，松燭火把是沒辦法點了，但在山腳下挖墳掘墓的工程也沒有因此中止，使用馬燈照明，穿著斗笠、蓑衣之類的雨具，在一道道慘白雪亮的閃電和如注的大雨中穴地尋找墓門。

當時，在民間普遍流傳著一種觀念：挖掘古墓的時候，會遇到天象異常，這是墓中亡魂顯靈的徵兆。深山老林中風雨大作的情形，也不由得不讓人心生畏懼。工兵營裡有些人膽小，就難免嘀咕起來，一面挖土、一面交頭接耳地竊竊私語……

這個說：「哥哥哎，這雨下得都冒了泡了，大概是墓裡的孤魂野鬼知道有人來動它，哭著求饒呢。」

那個說：「弟弟呀，你沒看天上全是乍雷閃電嗎？這哪裡是怨魂哭嚎，肯定是墳墓中的厲鬼發怒，再挖下去，怕是要有厲鬼出來索命了……」

正說到心虛之處，就聽雨中「砰、砰」兩聲槍響，這兩當兵的倒楣蛋，都被羅老歪拿轉輪手槍從後腦勺「點了名」，哼都沒哼一聲，就腦袋開花死在當場。

原來羅老歪拎著槍來回巡視，監督工兵營挖墓，正好聽見這兩小子叨咕著鬧鬼，頓時殺心大起，隨手兩槍結果了他們的性命，聲色俱厲地喝道：「操你們祖奶奶，都看清楚了，哪個再敢危言聳聽擾亂軍心，這倆就是下場！」

羅老歪這回動了真格的，那兩個被當場槍斃的工兵，連屍體都不派人拖走，就擺在雨中讓大夥兒看著。四周手槍連的百十號人，凶神惡煞般圍著挖掘場，拉開一條條警戒線，手裡的德國造二十響機頭大張，黑洞洞的槍口隨著視線轉動。工兵們知道厲害，再也不敢多說一句，一隊隊地掄鋤揮鏟，頂著傾盆大雨悶頭亂挖。

山腳的地門下，被挖開了數條大溝，雨水淌了進去可以淹過施工者的頭頂，就讓那些被捉來的洞人山民用桶往外舀水，連番折騰了多半宿，終於挖出了一些東西，看見的人無不驚呼：「人頭？西瓜？這麼深的土裡怎麼會有西瓜？下面好像還有更多！」

# 第十六章 防以重門

陳、羅兩人聽那邊的工兵一片大亂，說什麼挖出了「人頭」、「西瓜」，知是有異，便率眾過去查看。此時天色將明，下了一夜的大雨也已停了，地門是在山陰處，地勢高燥，流水周旋，雨停後便無積水再湧過來，但地上被工兵們挖得坑窪不平，除了稀泥便是汙水，繞過幾條施工的土溝，陳瞎子分開人群望內一看，也是大為詫異，不禁「咦」了一聲，暗道「怪了」。

原來在地下十幾尺深的地方，有許多西瓜一般的東西，也都有枝蔓藤葉，只是全深埋土中，瓜皮上凹凸起伏像是人臉，臉上點點斑斑的似有血跡，若是不知情的，冷不丁看見，難免會以為是土裡的「人頭」。

羅老歪用腳踏破一個，裡面瓜瓤殷紅如血，濺出好多的紅汁，也不似尋常的西瓜瓤子，便低聲對陳瞎子說：「陳總把頭，兄弟在湘西做過一陣子送屍販私的勾當，山區裡古怪雖多，卻不曾見過此物，如今挖到了不知是吉是凶？」他雖是殺人如麻的軍閥頭子，做慣了「欺心的生意、瞞天的勾當」，可畢竟是舊社會的底層出身，對冥冥之中的事情還是有幾分懼意，覺得挖出人頭般的瓜來，絕不是什麼好兆頭，故此動問。

陳瞎子從土中抱起一瓜，看了許久，才道：「弟兄們有所不知，世上只有冬瓜、西瓜、南瓜，可為何沒有北瓜？實則也並非真就沒有，只是絕少有人知道，因那北瓜僅生在夷洞的窮山惡水之地，故此又喚作『屍頭蠻』，是死者怨氣所結，常產自地底，世上從不多見，如今挖出來的就是泥土中的屍頭蠻。」

早年間有種講頭，凡是屈死之人的鬼魂都往下走，比如吊死鬼腳下的地中，都會有一段黑炭，而被砍了腦袋的屍體地下，則會生出人頭瓜來，是臨死前一股怨氣難滅，結而成物，一般在刑場和古戰場裡才有，挖墳掘墓卻很少見到此物。陳瞎子遍識世間方物，雖是認得，卻難斷吉凶，不過瓶山附近本就是古時戰場，七十二洞的蠻子曾被屠戮無數，鎮在瓶山下的亡魂定是怨念沖天，所以在地下挖出屍頭蠻也並不奇怪，反倒說明山腳下陰氣深重，離那墓門已不遠了。

羅老歪雖是目不識丁、殘暴成性的軍閥，可也知道有些時候不能單憑槍頭子說話，如今那些工兵見挖出異物，各個膽戰心驚，必須穩定軍心，以免開小差的逃兵愈來愈多。他眼珠子轉了兩轉計上心來，又將一個人頭瓜搬出泥坑，口裡念道：「橋歸橋，路歸路……衣服歸當舖，東海哪吒都不怕……最怕年輕守空房啊……」他想把當年做送屍匠學來的那套咒語，假意念幾句來超渡冤魂，以便讓工兵們心中安穩一些，別耽誤了盜墓的大事。

那些套口多年不用，早就生疏了，只好順口瞎說，不料羅老歪剛胡言亂語了沒幾句，他捧著的那顆屍頭蠻，像是活了一般，突然從他手中滾落下來，隨即滾上了土坡。

群盜和一眾當兵的無不駭異，羅老歪更是嚇了一跳，當場一屁股坐倒在泥水裡。在旁的陳瞎子手快，早把手中的小神鋒揮出，將那屍頭蠻一刀砍作兩個半個，原來瓜中有條烏黑的蜈蚣，貪圖陰涼寄身瓜內，此刻已在利刃下被斬成了兩截。蜈蚣體內有指甲蓋大小的明珠數十，這東西叫做蜈蚣珠，不可近人口鼻，但身上有疥癬毒痂的，用之在患處反覆摩擦，可以拔毒，是種難得的藥材。

羅老歪以為是夜明珠，忙讓手下把地底的屍頭蠻悉數挖了出來，挨個刨開來檢驗，卻再無所得，不禁發了一場脾氣，也沒心思再做他的道場了，喝令工兵接著開工，今天不挖出瓶山古墓的墓門，就他奶奶的不准停下來歇息。

工兵掘子營的軍卒多數都是大菸鬼，挖了整整一夜，早就筋疲力盡、哈欠連天，有幾個實在支持不住犯起菸癮來，當場癱到了泥地上，就被立即拖到林中斃了，這殺一儆百的辦法果然有效，其餘的只好接著大鏟大鋤地開挖。

有話就長，無話就短，這一挖直挖到晌午時分，果然在那片生有屍頭蠻的地下深處，挖到一座氣度宏偉的大石門。

原來恰好昨天夜間風雨雷電交作，陳瞎子那套聽風聽雷的法門正得施展，在雷雨中聽得地下回響不絕，斷定了墓門就在山腳，只是埋得極深，一路挖下去必有所獲。要是尋常盜墓的賊人，都無這等「聽穴尋藏」的本事，否則就算把這幾百名工兵累吐血了，也不可能這麼快挖到墓門。

羅老歪大喜，吩咐給挖到石門的工兵每人犒賞二兩上等的福壽膏，說著話，已和陳瞎子率領群盜走了過去，推開那些累得東倒西歪的工兵。只見暗青色的石門分作兩扇，都有三人多高，橫處也是好寬，猶如一座緊閉的城門。深埋地下的石門極是厚重，怕是不下三、五千斤，門縫間隙處都澆灌了鉛水鐵汁，澆鑄得嚴絲合縫，想用鋼桿子來撬都沒地方著力。古墓地宮甚大，雖然那偏殿沒有什麼珠寶玉石，可按照當地傳說，當年道君皇帝貢奉神仙的珍異之物，都藏在大殿的一口深井裡。羅老歪貪心大盛，想到此處，只覺得喉嚨發乾，連嚥了幾口唾沫。

這時有眼尖的盜夥發現石門上鑿有古字，撥淨泥土一看，卻不認得。卸嶺群盜都是綠林響馬，雖然其中也不乏有些肚中有墨水的，可畢竟學問淺薄，認不出刻了些什麼古篆。但這好奇心是人人皆有，愈是看不明白，愈想知道是些什麼內容，以往盜發了不少古墓，還真沒見過墓門上有字的，這不合葬制。

這夥人裡只有盜魁陳瞎子是飽學之人，常以滿腹經綸典故自居，當此便被群盜請至前面，看那石門上的古篆。只看得一眼，陳瞎子心中就猶如「十五只吊桶打水，動了個七上八下」，原來墓門上的一行大字，並非什麼碑刻篆書，而是一道墓主對發丘摸金之徒的「詛咒」。墓裡埋的雖是韃子，可盜墓的向來都是漢人，所以這些字都用漢字刻成，是碑上的篆體，卻不是古篆，內容是對膽敢動此陰宅的盜墓者，做了許多怨毒陰損的詛咒。

陳瞎子做的是卸嶺魁首，平生專發各地古墓巨塚，向來都不相信盜墓會遭報應的這些鬼話，但站在墓道的大石門前，心中竟自覺得好生異樣，不祥之感油然而生，隱隱感到這門後的幽冥之中，埋藏著巨大的危險，一旦破門而入，等待眾人的將是一場噩夢。有道是：「蒼天在上不可欺，未曾舉動先思量；萬事到頭終有報，只爭來早與來遲。」盜墓的勾當幹多了，縱然是橫行天下的卸嶺巨盜，也難免會有心裡發虛的時候。

可開弓哪有回頭箭？數百雙眼睛都盯在陳瞎子身上，也不容得他有些許猶豫畏懼，這些念頭只是一轉，他便指著那墓門對群盜說：「試讀碑上文，乃是昔時英……這都是墓主的名諱官爵，刻在石門上正是那些西域番子的習俗，我等不必少見多怪。」

群盜聽罷連連點頭，在心中暗挑大拇指，羅老歪笑道：「果然還是陳總把頭有見識，這些鬼畫符的鳥字，我就認不得半個。」說完點手喚過工兵營長：「來呀，快給老子準備炸藥，轟平了這番人的屌門！」

卸嶺盜墓自古便是長鋤大鏟，挖開一墓就搗毀一墓，從不顧慮些什麼，當即留下二、三十名通曉埋設砲眼的工兵，讓他們在墓門上鑿出孔來炸門。那青石巨門堅硬厚重，一鑿子下去只留一個白點，這種活不是一時片刻就能完工的，其餘的乘機到林子裡吃飯睡覺，養精蓄銳等著進墓倒斗。

到得下午，最後幾個炮眼的爆破聲響徹群山，幾千斤的墓門終於被炸開了。只見墓門裡隆隆不斷地冒出許多煙霧，直到玉兔東升才停，群盜料定墓道裡的晦氣都已被山風吹盡，進去一探，叫了聲苦。原來墓道深處都被石條堵死，那些石條都大得出奇，小的也有兩百來斤，墓道裡卻不好用炸藥強行爆破，只好再派工兵在石上鑿出牛鼻孔來，以粗索拴了，趕著騾馬向外強行拖拽，正所謂「牛牽馬拽，無所不用其極」。

這一來頗耗時間，又費了一晝夜的力氣，急得羅老歪抓耳撓腮，陳瞎子卻早知道這種「斬山為槨、穿石做藏」的元代古墓就應如此，若沒這般布置，這幾百年來豈不早就被人盜空了？於是沉住了氣，指揮群盜一步步地發掘，等把條石都運出去，又鑿破了內側的一道石門，長長的墓道才暴露在眼前。從這些巨石墓門的材料構造來看，都是拆了瓶山上的道觀殿宇，將那些石階石梁堵塞了墓道，防止盜賊。而這段入口處的墓道離地宮的冥門尚遠，不知還有多少門戶，其間少不了有些機關布置，當即吩咐眾人，都須放仔細些，萬萬不可大意了。

群盜一隊隊列在門前，有的背負了臨時運來的草藥袋子和石灰，用來對付墓中潛藏的毒蟲毒蜃；也有的拖著一架架蜈蚣掛山梯，用來在古墓地宮裡面逢山搭梯、遇水架橋；最前排的每人舉著一大捆稻草，中藏九層皮革，上面都淋透了水，另外群盜都攜有藤牌，用來遮擋墓中的伏火暗箭；羅老歪手下的部隊也都吸足了大菸，槍中子彈上膛，只等首領一聲令下。

陳瞎子見幾百號手下站在墓道前，不免生出得意之情，這陣勢雖然比不得當年幾十萬大軍挖掘漢代帝陵，可也算得上是規模可觀。眼看已屬日落西山的卸嶺之盜，如今在自己的帶領下儼然已有中興之象，胸中豪氣頓生，便朗聲對眾人說道：「咱們也不是天生的響馬賊寇，只因當今世道大亂，與其在水深火熱裡苦熬，還不如到綠林道中當回英雄好漢，做出些掙氣的舉動來，也好教世人刮目相看。這墓道後的地宮裡，都是殉葬的金銀財寶，此等明器當真是墓中古屍之物嗎？試問哪一件不是他們從民間搜刮得來？生前受用了，死後還要擺在身邊一同朽爛，難道真以為頭頂上那個老翁沒有眼睛嗎？如今正是天道循環，我等取之乃是替天行道，這便叫做『一報還一報』。諸位兄弟，能舉非凡之事的必是豪傑，常言道：『膽大能得天下，小心寸步難行』，都放開膽子跟我倒斗去也！」

群盜應和一聲，跟在盜魁身後進了墓道，羅老歪也拔出槍來，邊走邊替陳瞎子補充了幾句，叫道：「向前的個個有賞，退後的……難免要吃老子的槍子兒。我操他祖奶奶，那些屌般的明器一件別留，都給老子搬回帥府去！」

陳瞎子善會看人面相，知道羅老歪雖然是個急性的活閻王，可他也是綠林道上混出來的，極是講義氣，又兼以後盜墓還得指望陳瞎子，想來不會做反水之事，此時他這「盜墓成癮、窺屍有癖」的軍閥頭子要跟隨前往地宮，自然無妨。不過守在墓門外的一部分手槍連軍兵，都由羅老歪的一個副官統帥，雖說是他的親信，可也不大讓人放心。他老謀深算，便命紅姑娘帶著一夥卸嶺盜眾留下，以免突生變故。

群盜用黑布蒙了面，一發湧進墓道，最前邊的一排是那些舉著整捆長稻草、腰上掛著鴿籠的盜眾，後邊專門有人挑燈照明，火燭、馬燈一應俱全。這墓道原本是煉丹仙殿前的穹頂甬道，古道寬闊平整，能通馬車，兩邊每隔十數步就都有華表般的石柱，約是一人高矮，原是放置燈盞照明之用。

最近山中雨水多，墓道裡面略有滲水，在寂靜黑暗的遠處，發出滴滴答答的響聲。墓門閉得久了，晦氣難以盡除，眾人又擔心這段墓道裡有毒蟲機關，所以推進得格外緩慢，每向前一段，就在牆邊的燈柱上留下燈火照明，見到牆壁上有裂縫的，就立刻用石灰堵住。

如此鑽行了三、四百步，墓道逐漸變寬，但群盜人多，仍不免覺得呼吸局促壓抑，燈火也由於空氣不好，顯得十分昏暗。盡頭是道朱紅的磚牆，像城牆般砌嚴了墓道，並不見頂，下面有個圓拱形的城門洞，兩扇帶有銅釘的城門閉闔得並不嚴謹，門環卻被鐵鏈鎖了。啞巴崑崙摩勒抄起開山斧，上前幾斧子劈下去，就砸斷了那些鎖鏈。

陳瞎子抬手指了指前面，命人用蜈蚣掛山梯頂開銅釘門，幾名盜夥將四架長梯探出，前端頂到門上落力推動，兩扇大門隨著「嘎吱吱吱」的鏽澀聲響，被緩緩推了開來。盜眾們凝神屏氣，都盯著這道墓門，不知裡面是何光景，可這道墓門剛一洞開，就聽裡面發出一個女子淒厲的尖叫。這女人的慘叫聲在攏音的墓道裡聽來格外驚心動魄，群盜腦瓜皮緊跟著都是一陣發麻。

# 第十七章 甕城

群盜各持器械，密密匝匝地擠在墓道盡頭的城門前，在陳瞎子的指揮下，探出幾架蜈蚣掛山梯頂開了雙戶。城門剛開，就聽裡面幾聲尖嘯，猶如女鬼淒厲的狂叫，有些當兵的，以前沒參與過盜墓勾當，乍聞此聲，嚇得險些尿了褲子，可墓道中人擠著人，就算想逃也動不了地方。

陳瞎子卻知那異常尖銳的聲響，並非是什麼厲鬼尖嘯，而是空氣迅速擠壓產生的鳴動，那城門一開，已經觸動了防盜的機關，就在那怪聲響起的同時，立即把手一招。以竹梯頂門的盜眾見到首領發出信號，吶喊了一聲，急忙把蜈蚣掛山梯撤了回來，他們身後另有一排盜眾，早將那些暗藏皮盾的溼稻草捆推向城門，遮了個嚴嚴實實。

這時城中銳響更厲，數十道黑色的水箭，帶著一陣強烈的腥臭氣息從門洞裡面激射而出，落在草盾上，頓時「嗤嗤」冒出燒灼的白煙。原來這道墓門後果然有道機括，虛以門戶，一旦墓門洞開，就會觸動門後的「水龍」。這種水槍般的機關裡裝有毒液或強酸，若不防備，當場就會在墓門前被噴個正著，沾上一星半點，就會腐肌蝕骨、無藥可救。

陳瞎子經過先前的探訪，早知道瓶山的仙宮洞天裡，自古就有防備賊人盜藥的機關埋伏，後被元人造為陰宅，各種機關必定會被加以利用，是以提前有了防備。群盜隊列前邊的稻草都拿水浸透了，裡面又裝了數道皮革，每層中間夾有泥土，遇火不燃，遇硝難透，那些濃酸般的毒液雖然猛烈，卻無法毀掉這看似簡陋的草盾。

以草盾耗盡水龍裡的毒液，又候了約有一盞茶的時間，黑洞洞的墓門後再無動靜，想必是機括已盡，羅老歪用手槍頂了頂自己斜扣在頭上的軍帽，罵道：「你娘了個屌，好歹毒的銷器兒，要不是陳總把頭料事如神，咱這些弟兄豈不都被剃了頭去？」他是做慣了響馬的，滿嘴都是綠林黑話，「銷器兒」就是指機關，「剃頭」是指送命，又恨恨地罵了兩句，更是按捺不住心浮氣躁，說著話就要率眾進入地宮。

陳瞎子身為群盜首領，自然不敢有絲毫大意，趕緊攔住羅老歪，墓門後的情形還未可知，瓶山裡怕不止這一道機關埋伏，大隊人馬不可輕舉妄動，此刻必先派幾個敢死之士，進這墓門後邊探路。

卸嶺群盜中果然有些不怕死的，當即站出五、六個來，在陳瞎子面前行了一禮，便舉著藤牌、草盾，帶上鴿籠、藥餅，捉著腳步進了墓門，其餘的都站在墓道裡候著。漫長的墓道中除了粗重的呼吸聲，以及鴿籠裡鴿子咕叫抖翅的聲音之外，再無一絲動靜。

沒過多久，那五個盜夥便從墓門裡轉回來覆命，原來墓門後是座城子，建在山腹之中，四周設有城牆城樓。裡面是猙獰古怪的石人石獸，有數口大漆棺，還有一具石槨都擺在城中，棺旁更有些許白花花的人骨，再沒見有什麼機關埋伏。而且城裡面似有岩隙風孔，積鬱的晦氣雖重，對活人尚無阻礙。

羅老歪聽見「棺槨」二字，禁不住心花怒放。「有錢不怕神，無錢被鬼欺，該著咱們兄弟發上一筆橫財了，既沒機關了，還等什麼？等棺中韃子詐屍嗎？」說完自嘲般地乾笑幾聲，帶著部隊就往裡走。

陳瞎子卻多長了個心眼，恐怕全進去萬一有所閃失，會落個全軍盡沒，一看進墓道的大概有兩百餘人，就讓留下一半在墓道裡接應，其餘的進去倒斗。他自己也不得不和羅老歪一同前往，這其中也有些個不得已的原因。卸嶺之盜在幾代前就已名存實亡了，好多器械和手段都已失傳，直到民國年間出了陳瞎子這麼一號人物，他博學廣聞、天賦過人，逐漸又將那些失傳的卸嶺盜墓手段收集了起來，慢慢整理改進，帶著綠林中的響馬們盜了許多古墓。但卸嶺群盜人數雖眾，可真正懂得盜墓之輩，卻是屈指可數，所以許多時候都要盜魁親自出馬、臨場指揮，盜夥中再無第二個人有他這身本事。

陳瞎子帶了六十幾個卸嶺賊盜，羅老歪則帶了三、四十號工兵和手槍連的親隨，也都是卸嶺中人，這一夥百十個人拖著蜈蚣掛山梯進了古墓的地宮。一進城門洞般的墓門，裡面地勢豁然開闊，群盜按照古時卸嶺陣圖，結為方陣，陳、羅兩位當家的被簇在中央，四周將竹梯橫了，掛上一串藤牌防禦，緩緩在地宮中移動。

群盜用長竿挑著馬燈向四周一探，果然如同探子所報，這座修在瓶山山腹中的地宮，四周城牆森嚴，城上還有敵樓，哪裡像是道宮洞天，分明就像座山洞裡屯兵的城池，三面城關緊閉門戶。相對而言，這山腹中的城子空具其形，城中沒有殿閣房屋，比真正的城池規模可小得多了，如同微縮的模型城坊，不過修在大山的洞穴裡，卻也十分不易。

群盜落腳處，是遍地的白骨累累，骨骸大多身首分離，看那些頭骨上的銅環銀飾，就知道都是七十二洞的蠻子。這情形在常年盜墓的卸嶺之輩看來，並不稀奇，想必是這些俘虜被逼勞役，將道宮改為了冥殿，然後其中一部分便被屠滅在此。元人殘暴成性，估計瓶山裡像這樣的地方怕是還有若干處。

嶙嶙白骨間有些道觀裡供奉的銅像、石人，擺放得雜亂無章，猙獰的金甲神人怒目瞪視，盯著遍地屍骨和走進來的盜墓賊，就連羅老歪這種殺人如麻的大軍閥，身處其中也不免覺得肝膽皆顫。不過羅老歪和陳瞎子一樣，都是骨子裡天生的狂人，野心勃勃，想要做一番橫掃天下的大事業，雖然心中有些驚懼，表面上卻毫不流露。

群盜結了「四門兜底」的方陣，小心翼翼地推進到城中，這裡靜靜地擺放著九口漆棺，都是閉闔嚴密，彩漆描金。棺板上嵌著許多玉璧，一看就是奢華顯貴之人的棺槨，凡夫俗子受用不起。中間一具大石槨卻是古樸無華、厚重墩實，沒有什麼裝飾紋刻，但被九具漆棺群星拱月般圍在中間，足以說明它的尊貴。

陳瞎子望望四周，城牆般的墓牆上漆黑空寂、重門緊閉，這裡沒有毒蟲出沒，而且散落著大量的洞人屍骨，從這地下城郭的規模、方位、特徵上來判斷，應該是前殿，距離正殿和配殿還不知有多遠。瓶山古墓中的地宮大得驚人，也不知這些漆棺石槨裡葬的是些什麼人物，料來不是正主兒，看漆棺上的描彩，都是靈芝、仙鶴、梅花鹿和雲海松山，絕不是西域葬屍的風骨，有可能是以前道宮洞天裡高士藏「遺蛻」的棺槨。

得道之人死後的屍體稱作「遺蛻」，不過裡面盛殮的屍體是元將或道士，可就不好說了，而且如此擺放的棺槨從未見過，莫非是什麼陣符？陳瞎子滿腹狐疑，怎麼看怎麼覺得詭異古怪，眼珠子盯著漆棺石槨轉了幾轉，拿不定主意是不是要動手升棺發材。

羅老歪雖是掌控幾萬人馬的大軍閥頭子，但他出身綠林，和陳瞎子是結拜兄弟，即便是當了掌權的大總統，在綠林道上也始終比陳瞎子矮上一頭。江湖上最重資歷地位，而且就算他人馬槍枝再多，其勢力也僅占據一隅之地，離了他那塊地盤就都是別人的天下；但陳瞎子卻是綠林中的總瓢把子，有字號的響馬子皆是他的手下，黑道上販私的生意十有七八都姓陳，沒卸嶺盜魁的支持，羅老歪單憑心黑手狠也不可能發家成為軍閥頭子。所以羅老歪對陳瞎子一向言聽計從，看起來他們之間像是平起平坐，實際上盜魁若說煤炭是黑的，他就絕不敢說是白的，綠林道中的等級森嚴，不是尋常可比。

不過羅老歪看見如此奢華精美的大漆棺，裡面說不定有什麼金珠寶玉的明器，心裡猶如百爪撓心，實在熬不過了，不等卸嶺盜魁下令，就讓手下的工兵上前，動手撬棺。

陳瞎子正盯著城牆上一片漆黑的敵樓，那敵樓就是一種帶瞭望孔的磚樓，建在城牆上可做箭樓，也可觀敵。他越發覺得不對，敏銳的直覺感到這城中有股極危險的氣息。古墓中本就應該一片死寂，可敵樓上的那種寂靜卻令人覺得不安，這種細微的變化除了他之外別人全都察覺不到，就像經驗豐富的老狐狸察覺到了獵人陷阱。可被群盜擁在正中，眾人氣息雜亂，一時也辨不出敵樓中藏的是什麼怪味，不免稍微有些出神，竟沒留意到羅老歪已經讓人去撬棺材。

群盜見陳瞎子不說話，誰也不好阻攔羅老歪，工兵都帶著長斧大鏟，要撬些棺槨還不容易？當即十幾個人隨羅老歪出了方陣，有拔命釘、撬石槨的，也有掄著開山斧砸漆棺的，「匡匡匡匡」的響聲在空寂的地宮裡回響著，震得人耳鼓嗡嗡生疼。

陳瞎子正要招呼兩個手下，架上蜈蚣掛山梯去城上再探查一番，可忽然聽到開棺的動靜，猛地一愣，立即叫道：「停手！這棺槨動不得！」可為時已晚，那邊一眾工兵，也已發現了漆棺石槨不對勁，棺槨墓床竟然都是虛的，也不知是觸碰到了什麼機關，猛聽入口處「轟隆」一聲巨響，藏在城牆中的「千斤閘」就已落了下來，把群盜的退路封了個嚴嚴實實。

羅老歪還沒明白過來是怎麼回事，忙問陳瞎子這是發生了什麼情況。陳瞎子聽見斷龍千斤閘落下，肚腸子都快悔青了，咬牙切齒道：「此處根本不是古墓地宮，而是墓道裡的甕城陷阱，吾輩中計矣！」說話聲中，就聽那敵樓中流水般的機括作響，四周城牆上弓弦弩機大張之聲密集無比。

# 第十八章 神臂床子弩

陳瞎子以前率眾倒斗，從不曾失手一次，對自己「望」、「聞」、「問」、「切」的手段向來非常自信，可有道是「善泳者溺」，淹死的從來都是會泅水的。他以「聞」字訣聽出地下有幾處城郭般大的空間，滿以為挖開了墓道、墓門，擋掉地宮入口的毒液，就可以直搗黃龍了，豈料卻託大了，這回真是進了一條有來無回的絕路。

此時也無暇判斷是否是工兵們砸撬棺槨引來的城中機關，那斷絕來路的千斤閘轟然砸落，只聽甕城敵樓上的機關一片流水價響，四周黑漆漆的城牆上弦聲驟緊，這突然其來的動靜絞得群盜神經迅速繃緊。

陳瞎子知道這是墓中的伏弩發動之兆，瞬息間便會萬箭齊射，他能統領天下盜賊，自是有過人之處，臨此險境反倒鎮定了下來。自知眾人若是亂逃亂竄，都是有死無生，只有固守待變、尋個破綻，或許還有生機，顧不得再同羅老歪仔細分說，急忙打聲胡哨，招呼群盜穩住陣勢，豎起藤牌草盾防禦。

群盜齊聲發喊，在方陣四周豎起藤牌，陣內的則將藤牌草盾舉在頭頂遮攔。古墓中伏火毒煙十分常見，卸嶺器械無論是梯是盾，都用藥水浸過，能防水火，當下將陣勢收緊，護了個密不透風。

羅老歪帶著幾名工兵離了方陣，他們看到群盜豎起藤牌，將那陣勢護得猶如鐵桶一般，又聽城頭機簧之聲層層密密，也知道大事不好，飛也似地往陣中逃去，陳瞎子也指揮群盜向他們靠攏，幾乎就在同時，四面城牆上的亂箭就已攢射下來。

箭雨飛蝗，有幾名工兵腳底下稍慢了些，當場就被射翻在了地上，羅老歪是在死人堆裡爬出來的人物，見得勢頭不妙，便專往人縫裡頭鑽，把手下幾個弟兄當作活盾牌，總算掙扎著逃回了卸嶺群盜的四門兜底盾牌陣，竟沒傷到半根毫毛。

陳瞎子被群盜護在中間，聽得四下裡箭出如雨，射在藤牌上紛紛掉落，箭鏃弩矢雖然年代久遠，可那勁力仍是驚人，他暗自叫苦，轉念又想，這陣箭雨雖是厲害，但將盾牌護住了四周，便是水潑也不得進，只消拖得片刻，城上機括總有耗盡之時，若不是卸嶺群盜人多勢眾、器械精良，恐怕也難脫此厄。

不料剛有這些許僥倖的念頭，就覺得火氣灼人，原來有些箭矢中藏著火磷，迎風即燃，城中累累白骨中又藏了許多火油魚膏，頓時被引得火勢大作，如同烈焰焚城。群盜陷身火海，不由得陣腳一陣大亂，陳瞎子急忙讓外邊的弟兄只管擋住亂箭，裡面的把蜈蚣掛山梯探將出去，推開眾人身邊的白骨，將火牆推遠。就這麼稍微一亂，盾陣露出間隙，立刻有幾名盜夥中箭帶傷，箭鏃都是倒刺，入肉便無法拔出，疼得殺豬般叫個不停。

卸嶺群盜雖然將附近的骨骸推遠，可腳下仍是著起火來，原來地下埋著易燃的油磚，但這種油磚中的火油已經揮發了許多，燃燒的勢頭並不強烈，饒是如此，也足能燒黑了腳底板。陳瞎子大罵：「元狗恁般惡毒，真想趕盡殺絕啊！」眼看火頭愈烈，灼得眾人連喘息都覺艱難，好像嗓子裡面快冒出火灰來了。只要群夥中有人膽子稍怯亂了心神，陣勢就會散開，那麼進入甕城的群盜有一個算一個，誰也跑不脫，就算不被燒死，也得被活生生射成刺蝟。眼下能不能固守一時三刻，就是生死存亡的關鍵，當即不敢怠慢，連忙吆喝一聲：「眾兄弟聽我號令，紮樓撇青子！」

群盜被烈火逼得難耐，好似一群熱鍋上的螞蟻，正要一陣大亂，忽聽盜魁下令架起竹梯塔來。幸得群龍有首，忙不迭地將數架蜈蚣掛山梯撐在一處，在那火勢最弱的大石槨上方，搭起了一個簡易的竹塔。陣勢收圓，各自手舉藤牌，頂著亂箭攀在梯上，離那灼熱的地面稍遠一些，驚慌失措的盜眾才漸漸穩了下來，但如此一番騰挪，又不免折了數人。

這時箭雨都集中在排列棺槨的區域，對準這處火勢最弱的地方攢射不停，好在機弩角度固定，摸清規律後盡能抵擋得住，然而蜈蚣掛山梯架成的竹塔四周，都是一片大火。群盜好似被困在了火海中的一座孤島之上，陳瞎子藉著火光，乘機向敵樓上望了一眼，不看則可，一看真個是面如死灰。

只見城頭上架滿了機弩，後邊站著無數木人，那些木人都和常人一般高大，構造十分簡單，身上罩的盔甲袍服都已朽爛了，木樁般的腦袋上，用油彩繪著面目，瞪目閉口，神情肅然，分作兩隊，不斷重複著運箭裝弩、掛弦擊射的動作。敵樓中有水銀井灌輸為機，那些水銀一旦開始流轉，就會循環往復不休，直到弓盡矢絕，或是機括崩壞為止。

陳瞎子先前聞到敵樓中氣息有異，正是那樓中藏有水銀井的緣故，可未及細辨，就已觸發了機關埋伏。原來在修仙煉丹的黃老之術中，鉛汞之物必不可少，歷代求仙的皇帝之所以選擇瓶山做為煉丹之所，其中一個很重要的原因就是辰州盛產硃砂，辰州砂可提煉最上等的水銀。湘西盛產水銀，但畢竟洞夷雜處，自古以來就多有民變發生，道君皇帝擔心仙丹煉出來被亂民奪去，所以密駐禁軍鎮守，經營久了，就在山腹裡造了一道關隘。

宋代重文輕武，指揮使都是紙上談兵的無能之輩，在軍事上沒什麼真實見識，只求應付皇差，哪裡去管這道城關是否能發揮什麼軍事作用。而且宋徽宗自認是赤腳大仙下凡，平生最喜歡方技異術，御前有個受寵的多寶道人，自稱擅長機簧之術，效仿諸葛武侯的木牛流馬，發明了許多機關器械，都被皇帝用於軍中。

又因元代貴族最忌怕被人倒斗，墓主和盜墓者之間不共戴天，是一場死人與活人之間的殘酷較量，說是決鬥也不為過，因為誰落到誰手裡都沒好下場。墓主屍體被卸嶺之輩得了，必是「敲齒掏丹、裸身刮玉、剝皮擼環、摳腸尋珠」，縱是焚體之刑，也無如此之酷；而墓主設下的防盜機關，也多是陰險狠毒，細數那些伏火焚燒、流沙活埋、巨石碎骨、腐液毒噬的機關埋伏，此中何曾有些許容情之處？

那一時期非常流行虛墓疑塚，所以元代多有「移屍地」之說，實際上都是迷惑盜賊耳墓的假丘，造得也是力求亂真，棺槨明器不惜工本，一旦被破，就以為墓主早已飛昇仙解了，也就無人再去追究真正的墓室位置。

瓶山地門中的墓道，直通這陷阱般的甕城，如果盜墓賊憑藉牛牽馬引挖到此處，不是大隊人馬根本難以做到，就將這道拱衛仙宮的城關造正了虛墓，隔絕了與真正墓室連接的通道，利用原本的機關加以改裝，竟成了護陵的鬼軍，務求將膽敢進來倒斗的賊人一網打盡，是一處陰險的虛墓陷阱。

陳瞎子又並非真正能掐會算，而且他過往的經驗，都無法用在瓶山這道觀仙宮改建的墓穴裡，他便是猜破了頭，也想不到竟是如此，此時若有所悟，不禁覺得骨頭縫裡都冒涼氣。那些木人機弩雖是死物，但皆能活動，弩機一盡，就有木人運箭裝填，也不知城上儲了多少箭矢，射到幾時方休，城中火勢蔓延，困在竹塔上時間一久，就只這灼熱的氣流便教人難以承受。

這些亂箭火海的機關埋伏，在真正的戰陣攻守中，也許並不能起任何實際作用。可卸嶺群盜進來是盜墓的卻不是來攻城拔寨的，再加上事先全未料到，一上來就失了先機，難免落了下風，百餘號人被困在竹塔上苦苦支撐。

此時羅老歪也定下了神，他本是悍勇狠辣的太歲，可是眼見四面城上，都是怒目圓睜的木人，他又哪裡知道什麼機簧作動之理，還以為真是墓中守陵的陰兵來攻，額頭上冷汗直冒，但悍匪的性子發作，怎管他許多？就算真進了森羅殿，也欲作困獸之鬥，便命手下對著城頭開槍射擊，他自己也抽出雙槍左右開弓，一時間槍聲大作、子彈橫飛。

城頭的那些木人，木質緊密異常，構造又十分簡單，木料歷久不朽，且不易損毀，就算被子彈擊中，也難對其行動產生太大影響，而且局面混亂不堪，羅老歪等人在槍林箭雨中一通射擊，也難判斷有沒有擊中目標。但他紅了雙眼，頃刻間就將兩支轉輪手槍的子彈打光了，又自咬牙切齒地裝彈開槍，結果動作幅度稍大了些，頭頂的軍帽被城上一箭射落，嚇得他急忙縮頸藏頭，大罵那些陰兵鬼軍的祖宗八代。

陳瞎子按住羅老歪，讓他不可造次，抬眼瞥見城上敵樓，料定銷器總樞都在其中，心中一轉，只有將那敵樓中的水銀機括毀了，止住這陣箭雨，才能有脫身之機。但要在亂箭中攀上城頭，卻又談何容易，就算避得開一陣緊似一陣的飛蝗箭雨，可城內到處是烈火升騰，誰有本事飛過火海？

陳瞎子看了看腳下的蜈蚣掛山梯，心中有了些計較，他逞一時血勇，正待冒死一試，卻忽然被啞巴崑崙摩勒拽住。原來這崑崙摩勒並不是天聾地啞，他口不能言，但耳聰尚在，又追隨在陳瞎子身邊多年，見了首領的神態，已明其意，連忙打個手勢，要替陳瞎子赴湯蹈火，攀到城頭上毀了那灌輸水銀的敵樓。他用巴掌拍拍胸膛，瞪眼吐舌，做勢抹個脖子，他那意思大概是說——啞巴這條命就是盜魁的，死有何妨？

陳瞎子知道崑崙摩勒是山中野人，其身手矯捷異常，不是常人所及，要是他去，或許能有成功的機會。他可以撐著竹梯縱身越過火海，只要到得城牆底下，便是弓弩擊射不到的死角，此刻腳下已是灼熱難當，事不宜遲，就對啞巴點了點頭，命他捨身上城。

可還沒等啞巴崑崙摩勒有所行動，忽聽得四周高處傳來一陣絞弦之聲，木人張機搭弩的弦聲雖然密集，都沒這般劇烈，群盜附在竹塔上聽得心中寒顫起來，不知又是什麼作怪？

驀地裡一聲繃弦巨響，尖銳的破風聲呼嘯而來，眾人抬眼一張，都驚得呆了，一枝人臂粗細的大箭，來如流星，勢若雷霆，夾著一股金風，從城頭的一架巨弩中射出，奔著群盜聚集的竹塔直貫下來。

盜眾裡有博物的，識得那是古時軍陣上使的「神臂床子弩」，就連夯土牆也能射穿，可群盜在烈火亂箭中根本無法躲閃，而且床子弩勢大力沉來得太快，看見了也來不及閃躲。那一枝巨弩眨眼間就到了身邊，首當其衝的一個盜夥，猛然見了這等聲勢，連叫都來不及驚叫一聲，只好硬著頭皮以藤牌硬接。

藤牌防禦普通的弩矢攢射尚可，但對射城用的巨型床子弩而言，無異於螳臂擋車，三稜透甲錐的箭頭將藤牌擊碎，貫得那名盜夥對穿而透，餘勢未消，又將他身後的兩名工兵穿了，血肉破碎中射作一串釘在地上，竹塔上硬是被豁出了一道血胡同。亂箭射入，接連有人中箭摔下竹梯滾入火中，啞巴崑崙摩勒也中了數箭。

餘人駭得呆了，被射穿的那幾具屍體，濺得羅老歪滿臉是血，不等群盜堵上被強弩射穿的缺口，城上又是連繃數弦，幾枝床子弩應弦飛出，分別從不同的方向勁射而來，羅老歪臉上都是熱呼呼的人血，剛抹了一把，就見眼前寒星一閃，還沒等他看得清楚，那硬弩破風，早已經射至面前。

# 第十九章 無限永久連環機關

床子弩是古時戰爭中的利器，弩架形狀如同木床，分置前、中、後三道強弦，弩床後有兩道絞輪拽弦，勢大力沉，專射那些在寨柵、盾陣、土牆後藏身的頂盔貫甲之輩。北宋的死敵金國兵將，對此類硬碰硬的強弩尤其懼怕，皆稱其為「神弩」，喪在其下者難以計數。不過神臂床子弩絞輪作動緩慢，所以比普通的弩機慢了一陣，但此刻四周城牆上隱藏的十餘架神臂床子弩，逐個被機括灌輪發動，幾枝神力弩呼嘯著射將下來，頓時就將卸嶺盜眾勉強支撐的陣勢擊潰。

陳瞎子見一枝神弩逕向羅老歪射到，那羅老歪滿臉是血，哪裡看得清楚面前的情況，若被射中，立刻就會被穿了透心涼。羅老歪是陳瞎子一手扶植起來的軍閥，自然不能讓他在此喪命，情急之下，只好一腳踹出，把羅老歪在竹塔上踢了一個跟頭。

這一腳恰雖在間不容髮之際救了羅老歪的性命，可那神弩來勢極快，勁風掠過，正從羅老歪肩頭飛過，他肩上的皮肉被弩尖帶出了一道口子，皮肉鮮血都翻飛開來。

羅老歪又驚又痛，身體翻下竹梯砸在一名工兵身上，所幸沒有直接滾入烈焰升騰的火海之中，不過城上亂箭攢射不止，他左眼中了一箭，疼得哇哇暴叫。但這羅老歪也不愧是在三湘四水間稱霸一方的軍閥，竟自抬手抓住箭桿，連同那顆血淋淋的眼球一併從臉上扯落，全身是血地滾入死人堆裡，混亂之中誰也沒看到他是否還留得命在。

這時卸嶺盜眾已經亂了營，人人但求自保，在箭雨烈火中拚命掙扎，顧得了前就顧不了後，轉眼間就有數十人被亂箭釘在火中。僥倖帶傷未死的，紛紛把屍體拽上來遮擋飛蝗般的箭矢，陳瞎子竭力收攏群盜，把那些死人的藤牌撿回來掛在竹塔上，阻住四面八方的亂箭。剛剛將殘部陣角穩住，只聽城樓上機關作動之聲不斷，木俑轉動絞輪，神臂床子弩的弦繩即將再次發動，只要再有一陣強弓射到，蜈蚣掛山梯搭成的竹塔必散無疑。

陳瞎子手舉藤牌護住身體，心中暗自叫苦，以往去各地盜墓，仗著人多勢眾，又兼器械陣法精熟，都不曾有什麼挫折之處，豈料在瓶山古墓中步步艱難，正是「肥豬拱進屠戶門，自已撞向死路來」。如今落入機關城的陷阱之中，不消片刻就得全夥殞命於此，雖然陳瞎子是膽硬心狠的常勝山舵把子，逢此境地，也不免讓他心膽俱寒。

他原本想讓啞巴冒死攀上城頭毀掉亂箭機括，可剛才一陣混亂，啞巴腿上也已中了數箭，就算他身高八尺、膀闊三停，是骨骼非凡能夠徒手爬城的的崑崙摩勒，可眼下中箭帶傷，便真有通天的本領也施展不出了。

陳瞎子眼見山窮水盡，知道唯有自己這舵把子出馬，冒死拚他個搏浪一擊，若是祖師爺保祐卸嶺氣數不絕，或能得脫，再有遲疑就連這絲毫的機會都沒有了。當即抓過一架蜈蚣掛山梯的梯頭，伸手一拍啞巴肩膀，那啞巴崑崙摩勒也已會意，顧不得腿上箭傷及骨的劇痛，雙手打個交叉，托在陳瞎子的腳底，運起神力，猛地將陳瞎子從竹塔上向半空裡推去。

陳瞎子亡命一搏，被啞巴使勁一托，藉勢躍在空中，把手中的蜈蚣掛山梯戳在火中，經由那竹梯的韌性帶動，如同古羅馬人發明的撐竿跳一樣，將身子在空中劃個弧線，奔著敵樓下的城牆躍去。就這麼一騰一躍之際，半空橫飛的亂箭也都招呼在了身上，陳瞎子外邊的袍服裡面，暗藏了鋼紗甲冑，他抓了面藤牌護住頭臉，任憑亂箭攢射，都被鋼紗甲冑隔了去。

傳承了幾千年的發丘、摸金、搬山、卸嶺之盜，不是民間的小賊散盜可比，這些字號裡代代都有身懷異術的高人，陳瞎子要沒有些真本事，豈能做得天下十幾萬卸嶺盜賊的首領。這時孤注一擲，自是使出了渾身解數，將古時飛賊「翻高頭」的絕技發揮得淋漓盡致，撐著蜈蚣掛山梯，從滿城烈火中飛身躍過，直撲城牆，但那竹梯長度有限，眼看就要落到城牆下的熊熊大火之中。

就在陳瞎子即將墜入火窟之際，竹塔那邊的啞巴早將另一架蜈蚣掛山梯擲出，啞巴崑崙摩勒神力過人，那竹梯後發先至，空竹破空的呼呼風聲中，從陳瞎子頭頂掠過，剛好擲到城牆下，搭著高牆斜依在火中。

陳瞎子身在空中，看接應的竹梯凌空落在面前，暗叫一聲：「好僥倖也！」要是沒有崑崙摩勒這樣的奇人相助，就算是他仗著飛賊的輕身功夫過了火海，到得城下也難面墜下去被活活燒死。隨手扔了藤牌，在灼熱的氣流中落在那架蜈蚣掛山梯上，但落足之處，仍離地面油磚燃燒的火焰太近，衣服頓時都被燎著了，他急忙躥上幾步，在竹梯上一個轉身，順勢扯掉了燒著的外袍。回頭看時，止不住眼前好一陣發黑，牙齒捉對兒廝打。

原來啞巴崑崙摩勒為把竹梯擲到城下，不得不踏在火中，離了群盜據守的竹塔，此時已被亂箭射作了刺蝟一般，龐然的身軀轟然倒在火中，頃刻間燒成了一團火球。

陳瞎子見跟著自己多年的崑崙摩勒死得如此慘烈，不覺觸著心懷，險些一頭栽下竹梯，但他本是帥才，見慣了生死之事，又知道此刻眾人性命全繫在自己身上，只好硬起心腸、抖擻精神，幾步登上竹梯的最高處。

古墓中的甕城四牆，都如甕壁般向內略微凹陷，城壁溜滑異常，就是刻意為了防備那些手腳凌厲的賊人攀城。啞巴臨死前拋過來的竹梯，斜依在城牆上，頂端只剛到三分之二的高度，任憑陳瞎子本事再大，也沒辦法從此處逾牆而過。

好在手中還拖著那架躍過火海時的竹梯沒有鬆脫，忙將這架蜈蚣掛山梯掛在城頭的垛口上，倒提了腳下所踩的這架，飛身登城。

城下火光映得城上忽明忽暗，只見在火光明暗之間，一具具木俑穿著盔甲袍服，圓木拼接出的身體裡，發出「咯楞楞」的木頭聲響，在城牆後瞪目運箭，控制機蝗飛射。當時西洋的自鳴鐘機關之理已不出奇，實際上在秦漢之時，就有方士可以使機括控制木偶來演出整套的雜戲，但在機括控制下，那些看似簡單得不能再簡單的行動，必有定律節奏，稍亂一步就滿盤皆散。

陳瞎子雖是平生廣見博學，可臨到近處，看到這些形如鬼魅的木人，還是不免覺得全身發毛。看來古時傳說有些古墓中藏有鬼軍護陵之說不假，若是不知究理的人，在地宮中猛然見了木人機括動作起來，驚駭之餘，自然真就將其當作守陵的鬼軍了。

木人機關作動不絕，仍然是亂箭不斷，陳瞎子見城上除了這無數木人、木俑之外，就全是密密麻麻的弩機、箭匣，間有數張絞輪轉動的床子弩。那藏在城上的一匣匣箭矢數之不盡，也不知射到什麼時辰才會告罄。城頭上雖是人影晃動，機簧響動紛亂，但實則只有陳瞎子他自己一個活人，置身於如此詭異萬分的情形，實令人毛骨聳然。

陳瞎子冒死登城，原就是搏命而來，雖是心底裡生出惡寒，但為救出那些倖存的手下，仍是壯起膽子、硬著頭皮，從身邊那些直眉瞪眼的木人中穿過，四下裡一張，已知先前判斷無誤。城上敵樓裡有個水銀井，在機簧之術中，習慣稱機關的核心部分為「井」，並非是真如水井一般的構造，要破這機關城，唯有把井中水銀洩出，只要流轉往復的水銀一失，便如同「水車失水，風車無風」，一旦破了機關井，城周那些機弩也就變得形同虛設了。

看定了周遭形勢，又聽機括水流之聲，心中便已有了計較。他就晃動身形接近敵樓，那敵樓中有許多四方的敵孔，裡面的水銀被城中火氣一逼，汞氣刺鼻，陳瞎子黑紗罩面，屏住了氣息，正要將蜈蚣掛山梯戳進敵樓，攪停機關，忽覺腳下無根，猛地一沉，整個身子立即向下落去。

原來這甕城的城牆中空，裡面除了機相灌輸的水銀機括，城頭更有許多翻板陷坑，看著平整堅固的地面，只要不知情的踏到翻板上，就會立刻落在坑裡，陷坑是極惡毒的機關。坑內有「髒、淨」之分，淨坑裡面沒有致命的東西，專是為了生擒活捉；髒坑則是為取人性命，裡面暗設籤、釘、毒水之物，掉下就算別想活命。而且說陷坑狠毒，主要是因為這種陷阱一旦踩到了，就幾乎無人能夠倖免，那人身手再怎麼出眾，奈何力從地起，腳下落了空，無依無著地掉進去，縱有周身的本領也施展不出。

但卸嶺群盜縱橫天下近兩千年，憑的就是矯健身手和精良器械，那蜈蚣掛山梯是多少代人嘔心瀝血打造得來，其用途除了登梯攀高，還能克制各種古墓機關，形勢愈是險惡危急，它的作用發揮得也就愈大。陳瞎子落入翻板陷坑的同時，已將那竹梯的百子掛山鉤搭上敵樓，身子下墜之勢立即停住，離陷坑裡鋪設豎立的鐵矛矛尖，只有寸許的距離，如果再稍微向下一點，就算身上有鋼紗甲冑護體，也會由於下落之勢太猛被戳死在坑內，驚得全身冷汗淋漓，手腳都有些軟了。

陳瞎子把命撿了回來，在心中連叫「祖師爺顯靈」，他手腳並用，攀著蜈蚣掛山梯上了敵樓，見敵樓沒有門戶可入，便拖過另一架竹梯塞入樓內。猛聽一陣劇響，長梯立刻卡在了機關井內，敵樓中的流水之聲隨之斷絕，一股股的水銀從箭孔中流了出來。

陳瞎子急忙憑藉竹梯，提身縱到城頭的垛口上，這時四周城牆上的木人，失去機括後，已紛紛停止活動，神情木然地立在城上。床子弩上即將射出的第二排重箭，也由於絞輪停止而留在了弩床之內，一時鴉雀無聲。

此刻困在城內的盜眾，雖還剩下十幾個活人，也幾乎是人人帶傷、個個掛彩，他們被困在竹塔上苟延殘喘，亂箭雖是停了下來，可城中伏火燒得正烈，遍地的白骨棺槨全都付之一炬，只有耐得水火的蜈蚣掛山梯搭成的竹塔，兀自聳立在火海之中。那些倖存下來的盜眾，都被腳下烈火的熱浪煎熬，如同架在火上翻烤的野味，一個個頭髮眉毛都快燒禿了，只覺身邊的空氣都快被點燃了，再也難以維持片刻。

群盜眼見舵把子將敵樓的機關井搗毀，現在是逃出火海的時機，倖存下來的盜眾，急忙將手裡的藤牌拋掉，正打算把竹梯連接起來，搭成長長的斜橋登上城頭避火。不料忽聽甕城所在的洞穴轟然有聲，一陣陣悶雷掠過頭頂，火光中看得真切，只見一縷縷的細沙從天上墜下，城中好似下起了一場沙雨。

包括陳瞎子在內，人人駭然失色，城中的機關是一環扣著一環，瓶山外表看似石山，但實則是座沙板山，岩層中原有大量細沙，都被青石夾在中間。這甕城陷阱另設絕戶機關，要是水銀井被外力毀去，就會引出岩層中埋藏的大量沙石，把這整座機關城都用流沙徹底埋住。

眾人剛從烈火亂箭中逃生，又見頭頂流沙湧動，心中都是寒顫透骨，什麼是插翅難飛？這四周城關重門緊扣，岩洞都被巨石封堵了，呼吸之間，就會有大量流沙傾瀉下來，便是真有翅膀也無處可逃了。這須臾之間，群盜是由死入生，又從生到死，尚未顧得上絕望哀嚎，那天頂上就已有數十條黃龍般的流沙狂落下來。

# 第二十章 無間得脫

流沙歷來是古墓中「以柔克剛」的有效防盜手段，大量流沙一旦灌滿地宮墓室，就不可能像挖墓牆夯土般，一個盜洞就能解決問題，因為砂子鬆散流動，不管盜墓賊掏挖出來多少，就會有其餘的砂子流過來填補，除非是將裡面的千萬噸積沙全部掏空，否則流動的細沙就會像一面會自己移動的墓牆，盜墓者永遠也別想在其中打出一條盜洞。

但是自古以來，古墓裡雖然多有流沙機關，可是沙子並不合「風水」之道，青烏風水中涉及的「龍」、「砂」、「穴」、「水」、「向」，其中這個「砂」字，是石字旁的，泛指各種土壤岩層，而不是流沙之沙。

沒有墓主願意把自己的遺骸埋入黃沙，不過相比死後慘遭倒斗之酷，寧可選擇流沙伏火這類玉石俱焚的機關，將墓室和潛入進來的盜墓賊來個同歸於盡。

陳瞎子等人仗著以前的經驗，還以為這瓶山裡面無沙，豈料瓶山根部是處罕見的沙板山，上面才是整體的青石，他們拚命搗毀了敵樓裡的機關井，卻又引發了岩層中的流沙湧將出來。有道是狂沙亂舞，沙性看似平平無奇，一旦劇烈流動起來，實比伏火毒煙還猛，被流沙追趕的人，只要被沙子埋過胸口，不等沒頂，就會無法呼吸死在當場，而且細沙溜滑，一踩就是跌出一個踉蹌，又哪裡逃得開？

陳瞎子在城頭上見狂沙傾斜入城，登時將火頭壓了下來，四下裡光線頓時弱了，黑暗處都是流沙奔湧的隆隆轟鳴，他也是見機得快，沒有絲毫猶豫，倒掛了蜈蚣掛山梯，從城頭上爬城而下，腳下足不點地般狂奔逃命。他見四周火落沙湧，留在城上頃刻間就會被狂沙吞沒，那敵樓裡雖然有些空間，不過大量水銀灌輸其中，只要樓外被流沙埋了，即便不被當即憋悶而亡，積鬱在內的汞氣也會將人毒殺，如今只有城門洞裡能稍躲片刻。

灌入甕城裡的流沙，都是自空中岩層裡傾瀉下來，那道被千斤斷龍閘封住的城門洞，離流沙落下的黃龍最遠，雖然遲早也會被沙子埋了。但螻蟻尚且偷生，出自本能的求生欲望，哪怕是為了多活片刻，也要竭盡全力逃向城門。

那些在竹梯上的倖存盜眾，見首領從城上狂奔過來，一面逃、一面跟眾人打著手勢，他身後便是山呼海嘯般的滾滾流沙。群盜立時會意，跳下蜈蚣掛山梯搭成的竹塔，不顧身上傷口流血疼痛，連滾帶爬地跟著陳瞎子一齊逃命。

流沙之勢如同天崩山塌，群盜耳朵幾乎全都聾了，眼睛直盯著那城門洞，沒命地逃了過去，誰也不敢回頭去看身後的情況。有些腿上中箭行走不得的，就拚命用兩隻手在地上爬行，或是腳下功夫火候不到的，只要是摔倒的就爬不起來了，稍有差池便都被流沙埋在了城中，其餘的人自保都難，哪裡還管得了他們。

陳瞎子一路狂奔，瞥眼間正看到羅老歪從死人堆裡爬出來，他瞎了隻眼，滿臉滿身都是鮮血，就順手揪住他挎槍的皮帶。身後流沙奔騰之勢令人窒息，陳瞎子也不敢停步，拽了羅老歪就逃，他稍微慢了這麼幾步，就落到了群盜身後。

忽然面前城門洞裡一陣爆炸的氣浪湧來，頓時將逃在前邊的幾名盜眾，撞得凌空翻起，陳瞎子拖著羅老歪反而僥倖避了開來，混亂中定睛一看，原來是留在墓道中的那群盜夥工兵，為救出舵把子和羅帥，用大量炸藥炸開了千斤閘，不過那炸藥用得太多，連城牆都被炸塌了一大塊。

陳瞎子心中一陣狂喜，想來卸嶺之盜氣數未盡，此番竟能無間得脫，實乃僥倖之至，提了口氣，腳下加力，全力衝向炸塌的城門。墓盜中的群賊不等爆炸的硝煙散盡，就想闖進地宮裡來尋找舵把子，只見裡面黑漆漆的沙塵飛揚，有幾個滿臉都是血水砂土的漢子，從中奪路逃出，他們後邊則是一道沙牆滾滾湧出。

群盜見勢頭不對，急忙接住逃出來的幾個人，吶喊聲中掉頭就撤，身後流沙激射倒灌，將墓道堵了個嚴嚴實實。

陳瞎子受驚不小，加上連番在鬼門關前走了幾趟，心神格外恍惚，知道再留在此地，也難有作為，趕緊囑咐手下，連夜裡撤回老熊嶺義莊。群盜和工兵營在紅姑娘的指揮下，收攏部隊，一時人心渙散，偃旗息鼓地從山裡退了回去，暫時駐紮在老熊嶺上。

到得那座被當成臨時指揮所的死人旅館裡，陳瞎子才緩過神來，看看羅老歪的傷勢，左眼算是沒了，肩上傷可及骨，但羅老歪身經百戰、負傷無數，這回受傷雖重，卻在隨軍的醫官處理一番之後，竟自還陽過來，口中髒話連出，不絕口地大罵瓶山古墓的墓主，要不把那墓主人從他的屌坑裡拖出來亂刀剁了，羅帥就他媽不姓羅改姓屌了，當即還要再派人回去調兵，調他娘整個師來，不信挖不開瓶山。

陳瞎子知道羅老歪說的都是氣話，漫說一萬人馬，就算有十萬大軍，想要挖開這麼一座大石山裡的古墓，怕也不是十天半個月之內能做到的。他親自帶著手下，分別從山巔和山腳兩入瓶山，不僅均是無功而返，而且加起來數數，已是枉自折了一百多個弟兄，其中大多數都是卸嶺群盜的精銳之士，最可惜的就是花瑪拐和啞巴崑崙摩勒，都是自己的左膀右臂。

陳瞎子心中暗想，這回要是無功而返，別說他舵把子的頭把金交椅坐不穩了，就連常勝山的山頭怕是也要土崩瓦解。陳瞎子野心勃勃，常思量要成就一方大業，這些年苦心經營，實是費了許多心血，而且他心高氣傲、不肯認輸，雖是志大才高，不僅身手見識過人，又兼有容人之量，慣會用義氣二字收買人心，天生就是做魁首的人物，可他唯獨看不開勝負成敗，在此一節上，略嫌器量不足。

打定了主意，陳瞎子便召集眾人說道：「勝敗兵家不可期，包羞忍恥是男兒。江東子弟多才俊，捲土重來未可知……眾兄弟休要焦躁，暫在此休整幾天，不日陳某便要再上瓶山，不將這座山裡古墓挖它個底朝天，須是對不住那些折了的弟兄！」說罷擺血酒發毒誓，訂了成規，又在義莊裡給那些慘死的盜眾擺了靈位，燒香燒紙，並按湘西撒家風俗，紮了許多紙人，寫上主家姓名和生辰八字，在靈位前焚化了，讓它們在底下伺候諸位老爺，這些瑣事自不必細說。

一連幾日，陳瞎子讓羅老歪好生養傷，他自己只是在義莊裡閉門獨坐，思量著進瓶山盜墓的計策。瓶山古墓之奇，天下再無第二處了，雖從山巔進入，可直切中宮，但墓中毒物潛藏難防，被咬到一口，就連神仙羅漢也難保性命，可從前殿或偏殿挖將進去，誰知是否會誤入另一處疑塚虛墓。而且石山堅固，巨石鉛水封門，裡面機關重重密布，聽聞宋時瓶山曾有「機關總樞」圖譜，後來落入元人之手，封墓下葬之後，那圖譜便被毀去了，如今想破盡其中機括實是難於登天。

思前想後，在這瓶山之中，單憑卸嶺之力絕難成事，也只有希望搬山道人早日趕來會合。搬山分甲之術，自古就傳得神乎其神，陳瞎子素知其手段高明，便是神鬼也難揣測，卻也未知其詳，要是有搬山道人相助，也無法盜得瓶山墓中的寶貨，那可真就無計可施了。

直到第四天頭上，陳瞎子總算是把鷓鴣哨那三個搬山道人盼了來，原來搬山道人此行也不順利，在黔邊撲了一空，夜郎王的古墓，早就不知在多少朝代之前就被人盜空了，墓中連塊有壁畫的墓磚都沒給留下，只有座荒蕪的大墳山遺留下來，不由得讓人好生著惱。

陳瞎子讓手下騰出一見靜室，在裡面同鷓鴣哨等人密議起來，說起兩盜瓶山，都折得慘不忍睹，想來不能單單以力取之。不過陳瞎子也沒忘了給自己臉上貼金，把那死裡逃生的狼狽經過，描述得格外聳人聽聞，也沒好意思說折了許多兄弟。

天下盜墓之輩，有千年祕術的不外摸金校尉、卸嶺力士、搬山道人，可實際上並非皆是有「術」。陳瞎子知道卸嶺盜墓用「力」，依靠長鋤大鏟、土砲藥石，加上大隊人馬，還有被稱為卸嶺甲的蜈蚣掛山梯。卸嶺的手段，向來離不開這些器械，以「械」助力，所以卸嶺稱個「卸」字。

另外陳瞎子還知道，摸金發丘盜墓是用其「神」，但摸金校尉當世也沒剩三、兩個了，他們行蹤更是隱祕，不知如何用「神」盜墓，難道是請神求菩薩，讓神靈幫忙倒斗？那豈不是「望天打卦，占卜墓穴方位」的巫術？只聽說摸金校尉善能觀望風水形勢，會些個分金定穴、尋龍找脈的本事，怎敢稱個「神」字？

鷓鴣哨是搬山的首領，也是綠林裡眾所皆知的一號人物，英名播於天下，他和陳瞎子兩人義氣相投、無話不談，對於「摸金用神」之事，他卻知道一些，因為搬山道人雖是不修真的假道人，但扮了千百年的道人，對玄學道術多少會知道一些，便對陳瞎子直言相告。

摸金校尉始於後漢，專會尋龍訣和分金定穴，那「望」字訣裡上法的本事，普天下再沒人能及得上摸金校尉。他們這夥人盜墓，講究個「雞鳴燈滅不摸金」的規矩，擅長推演八門方位，這些本事，都得自《易經》，風水之道就是《易》之分支。世上相傳「摸金用神」，這「神」，就是指《易》，古人云：「神無方，易無體，只在陰陽之中。」「雞鳴燈滅」正是《易》中陰陽變化之分，所以換句話說，摸金校尉盜墓，依靠的是《易》理。

不過搬山道人鷓鴣哨雖然知道這麼個大概，卻也並沒真正結識過摸金校尉，只聽說苦無寺中的住持了塵長老，就是位已經金盆洗手、掛符封金的摸金校尉，鷓鴣哨早有心去結識他，奈何無人引見，又諸事纏身整日奔波，始終是難得其便，說來也自連連嘆息。

陳瞎子恍然大悟，看來真是人外有人、山外有山，強中更有強中手，莫向人前誇大口。他和鷓鴣哨早就認識，不過兩人事務太多，也難有聚首暢談的機會，更不知搬山用「術」之說是否屬實？只因知道搬山道人事蹟的人，都將搬山祕術傳得極為神祕，外人對此，誰也不好妄下斷言，此時問將出來，是想要探他一個實底，否則那些搬山道人有名無術，再進瓶山豈不是枉自陪他去送死？

鷓鴣哨聞言笑道：「搬山道人得個『搬』字，世人常以為是與卸嶺力士相同，都是以力搬山，孰不知這天底下可以挖山鑿山，卻哪有真正的搬山之力？若非有術，怎搬得山？『分山掘子甲』與『搬山填海術』，已有多時未得演練，正是技癢難忍，如今這瓶山正可施展出搬山分甲之術。」原來鷓鴣哨聽得陳瞎子一番說話，心中已經有了辦法，想破瓶山，非得「如此如此……這般這般……」這番話說將出來，才引出一場「搬山、卸嶺」三盜瓶山古塚。

# 第二十一章 金風寨

陳瞎子已連折兩陣，惟恐破不了瓶山，會危及到自己在綠林道上的地位和名頭，此時聽得搬山道人鷓鴣哨說起他有一套搬山分甲術可以施展，心中好一陣狂喜，忙道：「不知此術如何施展？願聞其詳，若真使得，我當即封臺拜將！」

鷓鴣哨說：「以術盜墓，更需有勇力扶持，要盜瓶山古墓，搬山、卸嶺缺一不可，至於搬山分甲之術……」他稍一沉吟，接著說道，「余竊聞，天人相應之理載於《春秋》，餘殃餘慶之數備於《周易》。據說摸金校尉盜墓用《易》，此乃從古的傳承，而搬山道人之術也已有上千年的來歷。不過搬山分甲術不同於世間任何方術，雖是專求個生剋制化，卻非是從《易》中五行生剋之理而來。天地間的萬事萬物，有一強，則必有一制，強弱生剋相制，即為搬山之術。」

鷓鴣哨認為瓶山的後山之中，有無數毒物藉著山中藥性潛養形煉，早晚就會釀成大患，不論是不是要盜發山中古塚，都要想方設法將其斬草除根，但是必須要先找尋一番，看看瓶山附近有什麼天然造化之物，可以剋制那山中毒物。

陳瞎子本就是個見機極快的人，聽後頓有所悟，有道是：「弱為強所制，不在形鉅細。」好比是三寸竹葉青，能咬死數丈長的大蟒，只要找出辟毒剋蠱的寶物，何愁盜不得瓶山古墓？他臉上動容，拍案而起，讚道：「聞君一席話，真如撥雲見日，想那些藏身在古墓裡的百年毒物，吸得山中藥氣和地宮中的陰晦，一旦得了大道，必定專要害人，其後果不堪設想。吾輩卸嶺群盜，就算不為圖取墓中的寶貨，也定要結果了斷了牠們，能把這場功德行透了，說不定就可藉此成仙……」他向來不信神佛修仙，不過此時說來，是為了讓搬山道人知道，常勝山裡的好漢可不光是為了盜墓謀財，歷來都有救民於水火之心。

兩人商議良久，決定再到瓶山附近的幾座苗寨中走一遭，於是喬裝改扮，鷓鴣哨雖然眉宇間殺氣沉重，可他久在山中勾當，又通各地土語方言，識得風土人情，若是扮成個冰家苗的青年男子，只要不是撞見綠林中的大行家，也絕不會露出半分破綻。

但陳瞎子做慣了常勝山裡的舵把子，一看模樣就是江湖上人，絕不是做本分生意的，所以只能扮個算命先生，或是相地看風水的地師，再不然就是七十二行裡的手藝人。

於是鷓鴣哨只好同他扮了木匠墨師的伴當，湘西吊腳樓眾多，常有木匠走山串寨，幫著住家修補門窗，換些個山貨為生。這種墨師，在山裡被稱為「紮樓墨師」，哪怕是在深山密林裡，只要是有寨子居民的地方，就有紮樓墨師的蹤跡，不會引起任何懷疑。

陳瞎子身分極高，走到哪都少不了帶許多跟班的手下，如今啞巴崑崙摩勒和花瑪拐都已折了，卸嶺群盜如何能放心讓首領跟個搬山道人進山？而羅老歪傷勢未癒，無法同行，最後只好讓紅姑娘跟著陳瞎子和鷓鴣哨，另有二十個弟兄，都帶著快槍，遠遠墜在他們後邊暗中接應。因為羅老歪的部隊在瓶山連挖帶炸，動靜鬧得不小，驚動了附近的幾路軍閥和山賊土匪，那些人都不是常勝山的背景，只不過對瓶山古墓也是垂涎三尺，可這幾路人馬勢力都不如羅老歪強大，又見卸嶺群盜吃了虧，也都不敢輕舉妄動，只是不斷派出探子，在附近窺探動靜，想藉機撈點油水。所以卸嶺魁首想進山踩盤子，實是要冒許多風險，不得不做好充足的準備，以免有意外情況發生。

鷓鴣哨看在眼裡，心中頗為不屑，蹙著眉頭等了半天，陳瞎子這才部署完畢，便同著鷓鴣哨、紅姑娘，三人扮成走山的紮樓墨師，另叫那被擄來的熟苗洞蠻子做嚮導帶路，一路下了老熊嶺進了深山。

瓶山附近人煙稀少，只是散布著稀稀落落的幾個寨子，近處的南寨都被開進山裡的工兵部隊嚇得逃走避亂了。在那洞蠻子的指點下，鷓鴣哨等人穿過山中一條深谷，逕投北寨而來。

這段路途的地形更加險惡，幾乎都是原始叢林，沒有路徑可走，一般來說，形容山光水色，常會用「景色秀美」來描述，而這被當地人稱為「沙刀溝」的山谷，卻只可用「景色奇絕」來形容。眼中所見，盡是奇峰林立、怪石橫空，數百米深的峽谷中，有上千根陡峭直立、形狀各異的石筍，一叢叢地直刺向藍天，山谷中雲海奔騰、霧濤翻捲，座座危石怪岩在雲霧中忽隱忽露，一路走去，也看不盡那許多奇絕的風景。

好在洞蠻子熟悉山中形勢，在千奇百怪的山谷中不會迷路，而且洞蠻子膽小怕事，知道陳瞎子等人是軍閥的大首腦，處處小心伺候，哪有逃跑的膽量，另外這人還是個抽大菸的菸鬼，當地人稱這種人為「菸客」。羅老歪的部隊裡有許多當兵的都是雙槍，這雙槍是「一桿殺人槍，一桿大菸槍」，賞了他些上等的福壽膏，洞蠻子本是窮鬼一個，這輩子東奔西走，只為追逐些蠅頭小利，那上等的福壽膏，他平日裡連做夢都不敢去想，從未吸得如此暢懷盡興，更是死心塌地的服侍陳瞎子。

沙刀溝一端連著瓶山，另一端就是附近規模最大的北寨，雖然兩地的直線距離並不算遠，但中間路途艱難，絕少有人從這邊過去。陳瞎子等人跟著洞蠻子，連夜穿山越嶺，只到第二天拂曉，聽得一片雞犬相聞，才終於抵達寨中。

北寨又名「金風寨」，早在千百年前，就有金苗聚居，專以挖金脈為生，如今寨子裡也是夷漢都有。山民們起得早，天剛亮就從吊腳樓中出來，各忙著自家的活計，一派熙熙攘攘的景象。由於世道太亂，寨子雖然僻處深山，也要防備山賊土匪前來洗劫，所以寨中有組織起來的鄉勇，持著土銃梭標，在山口檢查外來的貨商。

陳瞎子和鷓鴣哨都是慣走江湖的，豈會被幾個山民盤住，在山口應對自如，輕而易舉地冒充紮樓墨師混進了寨子。他們之所以要化裝進來，主要是因為山裡的老百姓對軍閥土匪恨之入骨，一看那些魔君的影子，不是一排土銃放過來，就是捲了家當飛也似地逃進深山，若想套些實底詳情出來，也只得喬裝改扮了，以免引起當地人不必要的慌亂。

寨中山民見有外邊的人來，都好奇地圍攏過來，要看看他們是行商的或販貨的。鷓鴣哨也真是好會，見山民愈聚愈多，便對眾人唱個大喏，隨即吆喝起紮樓墨師的木工「讚口」來。所謂讚口，是舊社會做生意使手藝時，說給客人聽的宣傳廣告詞，專用來誇耀自家手段，也是一種敬天告神、圖賺吉利的套口，有唱出來的，也有念出來的。戲班子有戲讚，說書的有書讚，拉縴的有號子讚，宰豬的則有生肉讚，單是做木工的，就有上梁讚、開堂讚等數十種之多。

鷓鴣哨對諸行百業無不精通，又兼為人機靈，學什麼便像得什麼，此刻將一通木工開堂讚唱出來，豈是那些在深山裡做活的普通木匠可比，聽得那些山民齊聲喝個大采，都道：「好個墨師工匠，唱得好讚口！」圍觀的山民至此已沒一個不喜歡他的。

陳瞎子和紅姑娘在旁聽了，都不免對他刮目相看，在這裡看來，鷓鴣哨活脫就是個年輕俊朗的木匠，一舉一動，仿得不差分毫，哪裡看得出來他真實身分，竟會是「月黑殺人，風高放火；遍挖古墓，分甲有術」的搬山道人首領。

陳瞎子擔心自己的風頭被鷓鴣哨蓋過，也趕緊幫襯：「告得眾鄉親知道，別看我們兄妹三個墨師年輕，可紮樓的手藝是半點不差，都是從娘胎裡帶出來的本事，紮樓紮椅無所不精，榫鉚接扣也有可為，但凡什麼木工活技皆能承攬……」他厚著臉皮吹了一通，所幸沒說出自己是魯班爺轉世投胎，苗人極是敬重魯班，相傳洞苗搭樓的法子就是得自魯班傳授，他要是吹過頭了，自是露出破綻，無人肯信。

那紅姑娘也是曾是月亮門裡跑江湖賣藝的，招攬生意吆喝讚口的本事，並不遜於鷓鴣哨和陳瞎子。這三人拿腔作勢有唱有和、默契十足，很快就騙取了山民們的信任，有繁重的大活就先找藉口推在了轉日，只肯做些敲補的零活。那嚮導洞蠻子也跟著跑前跑後的忙活，一直忙到中午，就在一戶撒家老者家中借伙吃飯，這才有空做他們的正事。

北寨和陳瞎子先前去的南寨風俗相似，每家的吊腳樓下也都有個玄鳥圖騰，都是黑色的木頭，看成色年代十分久遠了，以前陳瞎子對此未曾留意，因為湘西在古時受巫楚文化影響，玄鳥的古岩畫和古圖騰隨處可見，雖然神祕古怪，卻並沒什麼值得追究的。

但鷓鴣哨的眼比陳瞎子還毒，看東西看人極準，放下飯碗，對那老者施了一禮，請教這玄鳥圖案有何名堂。那老者早年是金宅雷壇中在道門的，後來避亂才在此定居，已不下二十年了，他聽鷓鴣哨問起，就連連搖頭：「玄鳥其實就是鳳凰啊，這湘西山裡人大多都信奉玄鳥，湘西有座邊城古鎮就叫鳳凰，山脈山勢也形似鳳凰展翅。湘西的土人都認為這東西能鎮宅保平安，像這刻有玄鳥的老木頭，在咱們這是最平常不過的東西了，土人家家都有祖上留下來的，外來到此的人，也大多入鄉隨俗了。」

鷓鴣哨與陳瞎子聽了，在心中暗暗點頭，果然不出所料，玄鳥就是從巫楚文化裡衍生而出，再想往深處問問，卻打探不出什麼了，只好一邊繼續吃飯、一邊繼續打量這寨中情形，想找找有沒有可以剋制毒物的東西。此寨離瓶山極近，土人能不受物害，他們必是藏有什麼剋毒的祕密，但也可能是日用而不知，只好放亮了招子，支起了耳朵，自行在各處尋找打探蛛絲馬跡。

正這時，忽聽一陣高亢的雄雞鳴叫，卻原來是那老者的兒子，正從雞籠中擒了一隻大公雞出來，旁邊擺了只放血的大碗和木墩子，一柄厚背的大菜刀放在地上，看樣子是要準備宰殺那隻雄雞。

只見那隻大公雞彩羽高冠，雖是被人擒住了，但仍舊威風凜凜、器宇軒昂，神態更是高傲不馴。牠不怒自威，一股精神透出羽冠，直沖天日，與尋常雞禽迥然不同。那雞冠子又大又紅，雞頭一動，鮮紅的肉冠就跟著亂顫，簡直就像是頂了一團燃燒的烈焰。大公雞全身羽分為五彩，雞喙和爪子尖銳鋒利，在正午的日頭底下，都泛著金光，體型比尋常的公雞大出一倍開外。

鷓鴣哨眼力過人，傳了數代的搬山分甲術之根本原理，就在「生剋制化」四字，要通生剋之理，須識得世間珍異之物。他一見這隻彩羽雄雞，就知極是不凡，暗讚一聲：「真乃神物是也。」心中一塊石頭隨即落了地，想不到踏破鐵鞋無覓處，得來全不費工夫，剛到金風寨半日，未等細究，便先撞個正著，看來要破瓶山古墓裡的毒蜃，正是著落在這裡。

此時那老者的兒子，已將大公雞拎到木樁上，撿了菜刀抄在手裡，抬臂舉刀，眼看就要一刀揮下來斬落雞頭，鷓鴣哨剛剛看得出神，見勢頭不好，急忙咳嗽一聲，喝道：「且住！」

那老者和他的兒子正待宰雞，卻不料被個年輕的木匠喝止，都不知他想怎樣，那老者惱他多事，便責怪道：「我自家裡殺雞，與旁人無干，你這位墨師不要多管。」

鷓鴣哨陪笑道：「老丈休要見怪，我只是見這雄雞好生神俊，等閒的家禽哪有牠這等非凡氣象，不知好端端的何以要殺？如肯刀下放生，小可願使錢贖了牠去。」

陳瞎子也道：「老先生莫不是要殺雞待客……招待我等？萬萬不必如此，我們做木匠的只在初一、十五才肯動葷，每人三兩，還要二折八扣，此乃祖師爺訂下的規矩，往古便有的循例，不敢有違，不妨刀下留雞……」

那老者自恃是金宅雷壇門下，雖然僻居深山苗寨，卻不肯將一介走山的紮樓墨師放在眼裡。「你們年輕後生，須是不懂這些舊時的老例，我家殺雞卻不是待客，只因牠絕對不能再留過今日，即便是你們願出千金來贖，我也定要讓牠雞頭落地。」

# 第二十二章　犬不八年、雞無六載

那老者不願誤了時辰，便命他兒子即刻動手宰雞，他這兒子是三十多歲的一條蠢漢，左手從後掐住大公雞的雙翅，將生鏽的菜刀拎在另一隻手中。宰雞的法子不外乎「一抹一斬」，把刀刃拖在雞頸上一勒，割斷血脈氣管，待雞血流盡，這雞便會氣絕而亡；一斬則是一菜刀砍下去，斬落雞頭，但公雞一類的禽屬，猛性最足，雞頭掉落之後，無頭雞身仍會因體內神經尚未徹底死亡而亂飛亂跳，其情形顯得十分恐怖血腥。

但山民鄉農之家，宰雞殺鵝的勾當最是尋常不過，看那老者兒子的架式，他是打算採用斬雞頭的法子。鷓鴣哨同陳瞎子對望了一眼，他們兩人要取這山民家中的一隻雞禽，原本不費吹灰之力，即便不是強取豪奪，只消派出一條金燦燦的大黃魚來，也不愁買不下來，可是紮樓墨師哪應該有什麼金條？如此一來，難免會暴露身分，如今只好見機行事，起身走上前去，阻攔那山民宰雞。

這兩人都是綠林中殺人越貨的江洋大盜首領，非是小可的賊寇響馬，雖然做了紮樓墨師的裝扮，但舉手抬足之中仍是掩蓋不住虎步龍行，隨口說出話來，也自有一股隱隱的威懾氣度。

那一對山民父子兩次三番被他們攔了宰不得公雞，雖是惱火，但聽他們說話舉止軒昂不俗，卻也不敢輕易發怒，只有一番埋怨是少不了的。「這夥紮樓墨師好不識趣，我自己家裡一米一水餵養大的雞禽，想殺便殺，想留便留，再怎麼收拾，也都是咱自家的事，便是天王老子也管不到這些……」

陳瞎子見鷓鴣哨執意要買這雞，心中已然明白了八九分，公雞乃是蜈蚣的死敵剋星，而且此雞神駿不凡，料來古墓裡那成精的六翅大蜈蚣也要怵牠三分，能得此物，大事定矣，此時要做的，只是連矇帶唬拐了這隻雞去。

他眼珠子一轉，計上心來，對那老者嘿嘿一笑，抱拳道：「接連攪了貴宅正事，還望貴翁恕罪則個。我等兄妹三人，原非親生，都是學藝時……在師門中認下的師兄師妹，結伴在一處走山串寨相依為命，憑著一身紮樓手藝為生。逢此亂世，卻始終不離不棄，有一口清水，要分三份來喝；得到一塊乾糧，也要掰成三半同吃，只因為當年在祖師爺神位前斬過雞頭、燒過黃紙，做出了一番拜把子結同心的舉動出來，雖不敢自比桃園，但那一套盟誓至今言猶在耳。黃天后土、神人共鑑，曾對雞盟誓，若有絲毫的違背，下場定如那被斬的雞頭，所以我兄妹三人許了個大願，終生不食雞肉，也見不得別個家裡宰雞，見了就必使錢贖得那雞活命。」

陳瞎子胡言捏造了一些根由出來，隨後又使出慣常的伎倆，說此雞羽分五彩、目如朗星，絕非常物，殺之實屬不祥，輕則招宰惹禍，重則主家會人丁缺失，要遭「刀兵劫」。

那墨師木工，自古以來便有魯班輸的祕術，善能相宅厭勝，也多會下陣符攏諸門。據說有家人本來富足，可搬了新宅之後，家境一落千丈，幸得高人指點，始知建造宅子的時候，剋扣了木工銀錢，被墨師在家中下了厭勝之術。結果拆開牆基房柱，果不其然，四柱之下，都分別藏著一輛拉滿銅錢的馬車，全使硬紙紮成，四輛馬車的方向分別指向四方，好像是載著錢往宅外而去，這就是木匠暗中下的陣符。被識破之後，主家也沒毀去這四輛紙馬車，而是把它們掉轉了車頭，由外而內向家裡運財，此後果然財源滾滾。

這雖只是個民間傳說，但可以說明墨師的方術自古已有，所以老百姓對紮樓墨師通曉異術之說，從無半點懷疑，瞎子藉此危言聳聽，動之以情，曉之以理，並把他們師兄妹當年對雞盟誓之事說出，說來說去，歸根結柢也只有一個目的，就是務必要討了這隻不像凡物的大公雞去。

陳瞎子胸中廣博、高談闊論、盡中機宜，正是「富貴隨口定，吉凶趁心生」，只盼把那老者的心思給說活了，可誰知那老頭好似鐵石心腸，根本不吃他這一套，搖頭對他們說道：「墨師們只知其一，不知其二，我若把這隻雄雞給了你們，實是讓你們惹禍上身，這不積陰德的事情，豈肯輕易為之？此雞非雞，乃是妖物，你們這些後生，難道沒聽過犬不八年、雞無六載之理？」

陳瞎子和鷓鴣哨先前都沒想到這些舊時民俗，此時聞言恍然大悟，暗道一聲：「啊呀，竟然是為此事宰雞！」原來那老者是金宅雷壇的門下，湘西山區有胡、金兩大雷壇，都是名聲很響的道門。這些道門裡有道人也有方士，善使辰州符，幾百年來專做些趕屍送水、解蠱驅毒之類的營生。近些年軍閥混戰、民不聊生，道門裡的氣象也早已經沒落得今非昔比了，像這老頭這樣流落在人煙稀少的深山裡度日者為數不少，這老頭雖然不是金宅雷壇中的大人物，但也通些方技之道，他最信《易妖》之理。

《易妖》是本古籍，從三國兩晉之際開始流傳，專講世上妖異之象，什麼是妖？《易妖》中認為——不合常理者為妖，世上出現不合常理的特殊現象，都是一種天下將亂或有大災難的預兆。「犬不八年、雞無六載」之語的出處，都是《易妖》中的理論，在舊社會的封建迷信思想下，民間對此深信不疑者比比皆是。

這種說法是指居家中飼養的雞犬禽畜，都不能養活得年頭太多了，因為一旦讓牠們在人類社會中生存得太久，每天都和人類接觸，人們說話牠就在旁邊聽著，人們的一舉一動也都看在眼裡，如此就逐漸通了人性，早晚必定成精成妖，做出些危及禍害人間的惡事來。

據說當年有一戶富翁，家中孫男弟女奴僕成群，他在宅中養了一頭白犬，那犬善解人意，十分得人喜歡，常常不離那富翁半步，出門遊玩也要帶在身邊。後來這富翁忽然暴病而亡，家人自是將其下殮厚葬，但富翁所養的老白犬卻也隨即失蹤了，人們都認為這狗是眷戀主人，主人去世，牠就傷心出走，或是死在什麼地方了，也沒把這事太過放在心上。

誰知在那富翁死後，過了整整一年，一天晚上，那富翁忽然回到了家中，家人以為死者詐屍，無不大驚，然而看他言談行止，都和生前一般無二。他自己說是一年前由於氣悶昏迷，故而被人當作暴病而死，被活著埋進了墳墓，幸好遇到一位道士經過墳地，機緣巧合將他救了出來，他就隨著那道人走方名山五嶽，至到今日方回。

家人見富翁能得不死，無不歡喜，於是一切照舊，那富翁就和以前一樣，飲食茶飯的口味習慣也不曾有變，白天處理家中大小事物，賞罰分明，教人信服敬畏，到晚上則挨個睡他的三妻四妾，如此過了大半年，把個家族整治得好生興旺。

可有一天適逢他過生日做壽，晚上在席間開懷暢飲，多喝了幾杯，酒意湧起來，就伏案睡去。忽然門外一陣陰風颳來，大廳裡燈燭盡滅，有僕人趕緊重新掌燈，想把老爺扶入內堂歇息，不料一照之下，哪裡有什麼富翁，只有條白毛老狗，蜷在太師椅上睡得正酣，滿嘴酒氣沖天，眾人大驚失色，才知道富翁早就死了，如今這個分明是妖物作祟，趕緊趁牠熟睡之際，用亂刀剁死了大卸八塊，架火焚燒毀去形骸。

像這類傳說在秦漢至兩晉的這段年代之間，非常廣泛，不僅普通百姓相信，就連士大夫也常常掛在嘴上談論。這些妖象都是特殊的徵兆，或主刀兵水火，或主君王無道，到得後世，那些徵兆預象的理論，就逐漸沒人再提了。可至於居家飼養貓狗雞鴨的，都不肯把狗養過八年，也不肯把雞禽養過六年，因為許多人相信，這些禽畜久居人間，目睹世人種種行狀，其心必有所感，一過六年八載的年限，或許會做出些常人難信的邪祟之事，不可不防，孔老夫子都說：「不可與禽獸為伍。」

金風寨要宰雞的這家老者，已養了這大公雞將近六年，這公雞神采卓絕，當年寨中雞卵無數，但只有他家的雞卵中孵出這隻雞來，其餘的雞蛋都是空殼，必是天地靈氣所鍾，所以向來寶貴愛惜，每天都餵以精食。而且這大公雞也沒辜負主人的喜愛，山裡毒蟲腹蛇最多，是山民之大患，這雄雞晝夜在吊腳樓下巡視，啄食毒蟲，每天拂曉金雞啼鳴，更是不爽毫釐，比自鳴鐘還要來得準確，所以也捨不得殺掉。奈何六年已到，再留下恐怕不祥，按照舊例，今天天黑前，必定要殺雞放血，否則一旦出了什麼麻煩，料來必是狠的，於是餵牠飽食一頓，磨快了菜刀就要當場將之宰掉。

陳瞎子終於明白了緣由，要是換作別般情形，好歹能誆了這隻雄雞出來，可六載的雞禽向來有為妖之說，倘若留了不殺，須是對主家不吉。湘西山民對此深信不疑，而且看這老兒脾氣好倔，如何能說得他回心轉意？怕是給他兩條大黃魚也是不肯，如今說不得了，只好使些手段出來。

他腦中念頭一轉，就對紅姑娘使個眼色，紅姑娘暗中點頭，她善會月亮門古彩戲法，古彩戲法中有許多機關般的祕密手段，號稱「黏、擺、合、過、月、別、撐、開」，其中那「月」字訣，是種類似於障眼法的手段，觀者即便近在眼前，也看不出施術者是如何挾山過海、移形換物。月亮門裡的藝人對此術最是拿手，只要紅姑娘一動手，就能在這對山民父子眼前，把那隻大公雞用障眼法的手段遮住，任你是火眼金睛，也看不出她是如何施為。雖是讓他們眼睜睜瞧見被一夥紮樓墨師憑空攝了去，可找不到物證，也自無道理可講了。

紅姑娘剛要動手，卻見鷓鴣哨將手攏在袖中，只露兩指出來，微微搖了幾搖，這是綠林中用手勢聯絡的暗號，是告訴她和陳瞎子先別輕舉妄動，在寨中惹出動靜來，雖是不難脫身，可會壞了盜發瓶山古墓的大計。

陳瞎子和紅姑娘知道搬山道人可能自有妙策，於是隱忍不發、靜觀其變，但暗地裡也似有意似無意地走到那對山民父子身邊，稍後一旦說崩了、談不攏，就要動手搶奪，萬萬容不得他們宰了這隻彩羽雄雞。

只聽鷓鴣哨對那老者說：「犬不八年、雞無六載，確實是有此舊例不假，但天下之事無奇不有，不能以舊例而論者極多，小可不才，願說出一番道理來，令尊翁不殺此雞。」

那老頭見鷓鴣哨神色從容、談吐不俗，心說別看這人年輕，他即便真是個紮樓墨師，也絕不是等閒小可的人物，但卻不信他能說出什麼辯駁的真實言語來，最多和那陳瞎子的說法一樣，滿嘴菸泡兒、鬼吹燈的江湖騙子套路，且聽他一言又有何妨？念及此處，就道：「也好，我就聽聽你這後生能有什麼高見，若是能說得我心服口服，就將這隻雄雞白送於你，其實我也捨不得宰了牠，奈何舊例在此，如何敢違？到時你這後生墨師若說不出什麼，可休再多事阻礙我家殺雞。」

鷓鴣哨早有了主意，他並不想對普通山民做出綠林道中巧取豪奪的舉動，如今等的就是老頭的這句話，兩人擊掌為誓，當下抬手從山民手裡要過那彩羽雄雞。只見這大公雞雖是死到臨頭，可也不知牠是不懂還是不怕，並不掙扎撲騰，昂首瞪視，神色凜然生威，儼然一副軍中大將的從容鎮定風度。

鷓鴣哨讓眾人細看這隻雄雞，說道：「犬不八年、雞無六載之例雖是古時風俗，今人也多信服，自然是不能不依，凡是家養的雞禽，都不肯給牠六年之壽，但此雞非雞，卻是不須遵循此例。」

那老頭聞言連連搖首，陳瞎子也暗中叫苦，心想：「虧你鷓鴣哨身為搬山首領，竟說這大公雞不是雞，不是雞又是什麼？是鳥不成？三歲小孩怕也不信，這如何能說得這老頭信服，看來只好按咱們綠林響馬的舊例……直接搶了牠去。」

鷓鴣哨話沒說完，見眾人不信，便接著說道：「凡是世上雞禽，眼皮生長得正和人眼相反，人的眼皮都是從上而生，上眼皮可以活動眨眼，而雞禽之物，眼皮都是自下而生，諸位不妨看看，這隻雄雞的眼皮生得如何？」

那老者從未留意此事，但養雞的人家，誰個不知雞禽眼皮在下，仔細一看，那隻羽分五彩、昂首怒鳴的大公雞，果然是同人眼一樣，眼皮在上，若非刻意端詳，還真忽略了這一細節，就連見多識廣的陳瞎子和紅姑娘，也覺驚異，都道：「這是何故？」

鷓鴣哨說：「眼皮如此生長，只因牠不是雞禽。」

復聽此言，眾人仍是聽得滿頭霧水，不是雞禽，卻是什麼？

鷓鴣哨也不願與他們賣弄識寶祕術，直言相告道：「湘西從古就有鳳凰玄鳥的圖騰，地名也多和古時鳳凰傳說有關，就如同此縣，名為怒晴縣，怒晴乃為鳳鳴之象，雞禽眼皮生在上面，更兼一身彩羽金爪，豈是普通雞禽？牠根本就是罕見非凡的鳳種，是普天下只有湘西怒晴縣才有的怒晴雞。」

# 第二十三章　裁雞令

鷓鴣哨說此雞名為「怒晴」，金雞報曉本就是區分陰陽黑白之意，而怒晴雞引吭啼鳴之聲能破妖氣毒蜃，更可驅除鬼魅，若是凡雞凡禽，其眼皮自是生在眼下，而眼皮在上就是「鳳凰」，雖也有個雞名，卻絕不能以常雞論之。

鳳凰是不是當真存在於世？此事誰也沒親眼見過，不好妄作定論，今人多認為古楚人的「引魂玄鳥」，正是從雄雞圖騰中演化而來，從春秋戰國時期就已有「怒晴雞」的傳說，但到了現在民國年間，即便是在牠的產地湘西怒晴，現在也極為罕見了，恐怕一兩百年也難得一遇。「鳳鳴龍翔」乃是世間吉瑞之兆，此等靈物實乃天地造化之所鍾，隨意宰殺必然生禍。

鷓鴣哨言詞懇切，對那老者說道：「正因此事，才勸尊翁莫要擅動屠刀。」說罷就請他依照誓約，讓出這隻五彩雄雞，也不會平白要了他的，紅姑娘背的竹簍裡有一大袋子鹽，約摸有十餘斤的分量，在山區鹽比錢更易流通，對這僻處深山的寨子來講，十幾斤鹽已經很可觀了，鷓鴣哨願意將這袋鹽留下做為交換。

那老者聽到最後，始知自家養的大公雞竟是個稀世寶物，平時殺雞宰鵝自是不在話下，可誰有膽子宰鳳屠龍？那不是自找倒楣嗎？便立刻絕了宰雞這個念頭，只惱恨自己平時未曾注意這公雞的眼皮生得恁般古怪，眼睜睜將一件寶貝輕易給了這夥紮樓墨師，有心想要悔約，可他也是有些見識的人，一看鷓鴣哨和陳瞎子都不是等閒小可的木匠，萬一開罪了會下陣符的墨師，也是天大的麻煩，只好認栽了，吩咐他兒子將怒晴雞裝入竹簍，換了紮樓墨師的一袋子鹽。

陳瞎子在旁看個滿眼，他在往日裡，常覺得自己才智卓絕，家承師傳的養出一肚皮學問，這些年更是率領著卸嶺群盜盜遍天下，稱得上是見識廣博，燒雞也沒少吃過，結義的雞頭也沒少斬過，可還真不知道普天底下的雞禽眼皮子究竟是怎麼生長的。

此時才知山外有山、人外有人，也不得不在心中暗挑大拇指稱讚，雖然在唐代鼎盛一時的搬山道人現在早已經日薄西山，剩下來的人屈指可數，但「搬山分甲」畢竟是傳了千年的古術，果然是有一番神妙之處。而近年來又出了鷓鴣哨這等出類拔萃的人物，想來日後搬山道人必有中興之期，不過要是能拉攏他們到常勝山入夥插香，又何愁卸嶺之盜不得興旺？

陳瞎子暗中盤算著怎麼才能拉攏搬山道人入夥，而此時鷓鴣哨已經交易妥當，親自用個大竹簍背了怒晴雞，當即對那老者抱拳告辭，轉身出門。

陳瞎子接連走神，被紅姑娘暗中扯了一下，這才回過神來，他神情微微一愣，也趕緊對那山民父子抱了抱拳，嘿嘿一笑。「多有討擾，若是有甚麼得罪之處，尚請尊翁海涵，告辭了。」說罷一拂衣袖，帶著紅姑娘和洞蠻子，跟上鷓鴣哨望外便走。

那曾在金宅雷壇道門中的老者吃了個啞巴虧，又輸了見識，愈想愈是不忿，心底也隱隱覺得這些人不像紮樓墨師，忍不住在後面叫道：「拜山拜到北極山，北極山上紫氣足。天下名山七十二，獨見此山金光閃……誆了我家怒晴雞去，好歹留個山名在此！」

當時世上結黨營私之輩極多，加上那些行走江湖憑手藝吃飯的，以及各地的綠林中人，黑白兩道為了互相區分，都各自以「山」為字號，每座「山」代表著一個個獨立的行業或是體系。天下名山是「大山三十六，小山七十二」，比如木匠墨師就都屬「黑木山」，要飯的乞丐是「百花山」，使古彩戲法、雜耍賣藝為生的是「月亮山」，而在道門之輩，則向來自稱「北極山」，實際也是大言不慚，隱然有自居仙人之意。各行互相報山頭用的是大切口，也稱「山經」，各行各道中也有本身對外不宣的唇典切口，比起「山經」來，使用範圍要小得多。那老者認為這夥紮樓墨師不像是「黑木山」裡的手藝人，忍不住在後用「山經」裡的暗語問了一句，要問問他們究竟是哪一行裡的人物。

那老者雖自報家門，可搬山卸嶺的魁首豈會將不入流的「北極山」放在眼中，陳瞎子聽見了也只冷哼了一聲，恍如不聞，他和鷓鴣哨只管走路，連頭也不回，既然露了行藏，就沒必要在一禮三躬地講什麼禮數了，區區一個在道門的糟老頭子，連給舵把子提鞋都不配。

但是按照道上的規矩古例，只要對方報了字號，聽到的就不得不留下一句，這叫「明人不做暗事」，既然陳瞎子不屑理會，此時只好由走在最後的紅姑娘替首領報出山頭，她的言語還算謙遜，不提北極，只比崑崙。

因為崑崙是諸山之祖，沒有任何行業敢占崑崙為字號，那等於自稱是天底下所有人的首領，只有朝廷官府才是崑崙山。在這一百單八山中，也僅有崑崙山是座真山，其餘的山名都是虛的，比如官面上的人，或是軍隊警察之流，才被民間在背地裡稱作是崑崙山裡的來頭，除了那些存心造反、目無王法的，輕易也沒人敢比崑崙山，所以她當即回道：「訪山要訪崑崙山（『訪』即為『拜』，常勝山裡的人絕不言『拜』字，故以『訪』字代之），崑崙山高神仙多。常勝更比崑崙高，山上義氣沖雲霄。」

那老者聽得清清楚楚，雖然紅姑娘說話的聲音也不怎麼高，可一字字聽在他耳裡，卻好似晴天裡憑空打出一個個乍雷，當場腳底下發軟，「咕咚」一聲坐倒在地。

他那蠢漢般的兒子哪懂這些暗語對答，根本不明白他們說了些什麼，一看他爹癱坐在地，還以為是中風了，趕忙伸手扶住：「爹……你怎地？」

那老者面如死灰，心口起伏劇烈，斷斷續續地喘了好幾口氣，才告訴兒子：「我的祖宗哎，那夥木匠……是常勝山上下來的……響馬子！」

金宅雷壇在道門的那些門人弟子，乃至整個北極山裡修道的，不管是道士、還是方士，只不過是做些驅邪畫符的餬口生意，憑著愚民愚眾來騙些財帛。如今天下大亂，而且都到民國了，誰還有工夫去信那些煉丹畫符的？北極山這些人連餬口自保都難，怎比得了常勝山裡那些殺人放火、聚眾造反的太歲們來頭大？在當時響馬子和軍閥沒多大區別，衝州撞府連大城重鎮都敢去劫，隨便殺些個山民百姓，比踩死螞蟻還要來得容易。皇帝是萬歲，他們就敢稱自己是萬萬歲。

常勝山雖已不復當年之鼎盛，但在當時仍然控制著幾個大省的十幾萬響馬盜賊，而且暗中扶持著若干股軍閥勢力，真要聚集起來，真連重兵駐守的省城也打得，所以紅姑娘一報字號，險些把這老頭嚇背過氣去。他仔細想想實在是有些後怕，剛才若是稍有悔意，不肯依照誓約把怒晴雞交出去，惹惱了那夥殺人不眨眼的響馬子，恐怕現在一家老小已經橫屍就地多時了。當下偃旗息鼓，緊閉扉門躲回家中，再也不敢聲張。

陳瞎子等人輕而易舉地得了怒晴雞，信步離了金風寨，回轉老熊嶺義莊，這時羅老歪的傷情也已好得七八了。他瞪著一隻眼暴跳如雷，誓要帶兵挖開瓶山，管他什麼屍王屍后，定把古墓裡的元代乾屍拖出來好好蹂躪一番，剉骨揚灰，以解心頭之恨。

陳瞎子說：「老熊嶺瓶山一帶盛產藥材辰砂，常有山民冒死去瓶山採藥，所以多有在山中見過湘西屍王的傳說，如今墓中毒物已經有了剋星，但那數百年的殭屍一旦成精，卻也不能不防。常聞殭屍乃死而不化之物，那古屍生前倘若是恰逢陰年陰月陰日陰時而亡，便會藉得天地間一股極陰的晦氣不朽不化，而且能在月夜出沒，啃吃活人的腦髓。咱們破了瓶山，除了滅盡毒蜃妖邪，再把墓中寶貨搬出來圖謀大事之外，也務必要想方設法除了這湘西屍王，以揚搬山、卸嶺之名。」

鷓鴣哨點頭同意道：「湘西的地形地貌，多是山高水急、洞多林深，向來與外界隔絕，又兼夷漢混雜、風俗獨特，湘西屍王的傳說流傳了不下數百年。凡是進山採藥販貨的或盜墓掘塚的，露宿在荒山野嶺，常常會遇到不測。其中有些人確實是被挖空了腦髓，死狀極為古怪，所以當地山民才有屍王吃人腦髓的說法。」鷓鴣哨本不相信此事，可不少山民都賭咒發誓，稱他們在山裡見過那元代古屍吃人，若不去親眼看了，實是難定真假。

不過摸金校尉有對付殭屍的摸金符、捆屍索、黑驢蹄子、星官釘屍針，搬山道人也有專踢殭屍的絕技「魁星踢斗」，卸嶺群盜則有類似漁網的纏屍網、抬屍竿等數種器械，在瓶山古墓裡找不出元代屍王也就罷了，真要撞見，眾人一擁而上，必擒了它燒成灰燼。

於是群盜部署方略，先撒出去大批人手，到各村各寨收購活雞，只要公的不要母的，反正現在羅老歪的部隊進了山區，以演習為藉口盜墓的事情已經敗露，乾脆就一不做二不休，也不再遮遮掩掩了。瓶山古墓既然被常勝山看中了，其餘的各方勢力要想打它的主意，至少也得先掂量掂量自己夠不夠分量，估計他們是不敢輕舉妄動。

古墓裡要真有宋代的藏寶井，就算被元兵元將掠去一部分，留下來陪葬的也會相當可觀，元人之葬崇尚深埋大藏，可不代表是紙衣瓦棺的薄葬，陪葬品也是極豐厚的。看瓶山墓穴地宮的規模非同小可，一旦挖出來了，別說裝備滿滿一個師的英國武器，就是再組建兩個德械師怕也夠了，群盜急不可忍，當即迅速著手準備起來。

幾天後，陳瞎子就近擇了個宜結盟的黃道吉日，在老熊嶺義莊裡設了堂口，群盜在三進瓶山倒斗之前，要先祭神告天，因為這次勾當不比以往，是搬山、卸嶺兩個山頭聯手行事，並非一路人馬單幹，所以必須要在神明面前起誓，一表同心，二結義氣，免得半路上有人見利忘義，從內部反水壞了大事。

當天在義莊破敗不堪的院子裡設下香案，這香案實際上就是攢館裡為死人準備的供桌，案上擺了豬、牛、羊三牲的首級，並供了西楚霸王和伍子胥兩位祖師爺的畫像，上首則是關帝的神位，群盜先在祖師爺面前磕頭，然後歃血為盟。

由於不是拜把子，喝血酒不須自刺中指，而是要用雞血。歃血是由執事的司儀負責，這些天收了許多活雞，隨便選出一隻來，執事的要先提著公雞唱讚，要讚這雞如何如何之好，又為何為何要宰，因為這是宰雞放血時唱的讚口，所以也叫「裁雞令」。

其時日暮西山，蒼茫的群山輪廓都已朦朧起來。暮色黃昏之中，群盜早已在四周點了火把，照得院內一片明亮，只聽那執事之人朗聲誦道：「此雞不是非凡雞，身披五色錦毛衣。腳跟有趾五德備，紅冠綴頂壯威儀。飛在頭頂天宮裡，玉帝喚作紫雲雞。一朝飛入崑崙山，變作人間報曉雞。今日落在弟子手，取名叫作鳳凰雞。鳳凰雞、世間稀，翰音徽號蓋南北。借你鮮血祭天地，禱告上下眾神靈。忠義二字徹始終，同心合力上青天……」說話聲中用刀子劃開了雞頸血脈，將雞血滴入酒碗裡面。

隨後群盜手捧酒碗立下誓來，也不外乎是那些同心同德、其利斷金的套話，最後賭出大咒表明心跡，若有誰違背誓約，天地鬼神都不肯容，天見了天誅，地見了地滅。

那位在旁執事的司儀，將盟誓內容一一記錄在黃表紙上，然後捲起黃紙舉在半空裡，問道：「盟誓在此，何以為證？」

由陳瞎子和鷓鴣哨兩大首領帶頭，眾人一齊轟然答道：「有讚詩為證。」

執事的舉著黃紙又問：「讚詩何在？」

群盜神色凜然，對此絲毫不敢怠慢，當即對天念出結盟讚詩，這道讚口，先讚義薄雲天的關二爺，其讚曰：「赤面美髯下凡間，丹心一片比日月。五關斬過六員將，白馬坡前抖神威。桃園結義貫乾坤，留下美名萬古吹。」

次讚的是水泊梁山宋公明，讚曰：「水泊梁山一座城，城內好漢百單八。天罡地煞聚一堂，為首正是及時雨。至今市井猶傳唱，肝膽無雙呼保義。」

念畢了讚詩，群盜一齊對那執事的高聲叫個「燒」字，執事的便在火上燒化了黃紙，群盜同時將血酒一飲而盡，舉起空碗亮出碗底，抬手處只聽得「啪嚓嚓」數聲響亮，碎瓷紛飛，當堂摔碎了空酒碗。

此乃綠林中結盟必須要走的一套場子，將結盟比作古人的義舉，有以古鑑今之意。起了誓，賭了咒，唱了讚，再喝過血酒、燒了黃紙，就算成了禮，這兩個山頭便能夠「兵合一處，將打一家」，要使盡自家全部壓箱底的絕活，共盜瓶山古墓。

# 第二十四章 山陰

群盜斬雞頭、燒黃紙、訂了盟約，盜出古墓中的丹丸明珠，都歸搬山道人，其餘的一切陪葬明器珍寶，則由卸嶺盜眾所得。隨即點起燈籠火把、亮籽油松，離了老熊嶺義莊，浩浩蕩蕩地趁著月色進山盜墓。

進山盜墓的隊伍由工兵打頭，羅老歪手下的工兵部隊裡，也有不少人是在常勝山插了香頭的。插香頭就是綠林中入夥的意思，這一部分人和卸嶺群盜一樣，都在臂上繫了硃砂綾子做為標識。

其餘那些工兵，便和在普通軍閥隊伍裡當兵混飯吃的沒什麼兩樣，扛著機槍、炸藥，攜帶著撬、鎬、鏟、斧之類開山挖土的工具，除此之外每人還要用竹簍、竹籠多帶一隻活雞，工兵們就在一陣陣雜亂的雞叫聲中，排成鬆鬆散散的隊列行軍。

雖然在山路上走得七扭八歪，這些當兵的人人臉上神色振奮，毫不以前兩回在瓶山盜墓遇險為意，因為其中絕大多數人，都指望著跟陳掌櫃和羅大帥盜墓發財。一旦挖開真正的地宮，雖然當兵的分不上太多油水，可按以往的慣例，十塊響洋和一大塊芙蓉膏是少不了的，雖然盜墓確實有風險，但現今世上軍閥混戰、人心喪亂，就算盜墓碰邪撞上鬼，也比上戰場直接挨槍子兒要好，至少做挖墳掘墓的勾當，在流血流汗之後真給銀圓。當兵吃糧就是為了混碗飯吃，有幾個是為了打仗來當兵的？

跟在工兵部隊後邊的，就是陳瞎子直接統率的卸嶺盜眾，先前兩次損失了百十個弟兄，又臨時從湘陰調了一批精明強幹的盜夥，這些人也是明插暗挎，個個都帶著真傢伙。

而搬山道人鷓鴣哨帶著老洋人和花靈，也混在卸嶺群盜之中，鷓鴣哨自己用竹簍裝了怒晴雞，暗藏二十響鏡面匣子槍，他的師弟老洋人，相貌太過獨特，一看就是西域來的色目人，而且年紀才二十出頭，那連鬢落腮鬍子就已經長得十分濃密了，體格又十分魁梧，所以顯得倒像四十多歲的中年壯漢。此人性格寬厚，不善言詞，反正師兄鷓鴣哨說什麼，他就做什麼。

花靈的相貌和鷓鴣哨差不多，除了微有鷹鼻深目的特徵之外，都已和漢人沒什麼兩樣，隨身帶著藥籠。如今能出來盜墓的搬山道人，只剩下這三人了，這回進瓶山，他們三人身上還都攜帶了沉重的「分山掘子甲」，此物乃是搬山道人的祕密，誰也沒親眼見他們使過，連卸嶺盜魁陳瞎子也不知它的底細。

湘西山區是八百奇峰，三千秀水，十步一重天，山勢地形都與外界迥然不同。群盜來至瓶山，天色已經亮了，只見群山叢林、蒼鬱蔥黛，但這山壑裡愁雲慘霧，隱隱有股妖氣籠罩，像「白老太太」之類的妖異邪祟之物極多，不過有大批部隊進山，當兵的身上殺氣沉重，倒把那妖霧都沖淡了。

陳瞎子請鷓鴣哨觀看瓶山形勢，搬山卸嶺不會摸金校尉那套「外觀山形、內查地脈」的本事，不過陳瞎子善用「聞」字訣，山中哪裡有多大的空間早已探知明白，那做水銀機括灌輸的甕城，已被山中流沙埋了，山裡應該還有冥城大殿，大致的方位是在這「瓶腹」中間。

但由於山體都是青石，難以觀草色辨泥痕，尋找真正地宮墓道的入口，也或許根本就沒有入口，真正的入口只有那機關城，早在封閉冥殿的時候被巨石銅汁灌注堵了個嚴實。想要進古墓盜寶，似乎只有從山巔的斷崖下去，那裡直通後殿，不過後殿與地宮大殿也都被石條砌死了，不下去大隊人馬，根本搬不開那些攔路的巨石。

陳瞎子計畫帶人從山隙下去，先把大群活雞撒出去，將後殿和山縫裡藏著的毒蟲清剿乾淨，然後使炸藥炸出個通道，直達冥殿。或者仍是以炸藥為主，在山脊上選個薄弱的位置，炸穿石山，挖出地宮。這都是卸嶺力士慣用的套路，雖然可行，卻須消耗許多時間和人力物力。

鷓鴣哨看著瓶山沉思片刻，這山實在是太奇特了，山勢歪斜欲倒，山體上的巨大裂隙將斷不斷，而且山形如瓶，只怕真是天上裝仙丹的寶瓶墜入了凡間，否則哪有這般神奇造化？他看了半晌，忽然心中一動，山上進不去，何不從山底進去？

只見瓶山斜倒下來的山體，與地面形成了一個夾角，其間藤蘿倒懸、流水潺潺，山體與地面的夾角，隨著上方傾斜的石壁逐漸收縮變窄，陽光都被山體雲霧遮擋，山底如同黑夜一般。

鷓鴣哨雖然不懂風水，但他心機靈巧，也有觀泥辨土的本領，山底的大縫隙裡千百年不見陽光，正是背陰之地，可裡面藤蘿密布，說明山根處並不全是岩石，從山底這個死角裡往上面挖，絕對比從上往下要省力氣。

眾人當場商量了一番，決定搬山卸嶺兵分兩路，陳瞎子和羅老歪帶工兵營，在山脊處埋設砲眼，轟山炸石挖掘墓道，而鷓鴣哨則帶搬山道人和一夥卸嶺盜眾，從山底尋找入口。此次進山人手充足，正應當雙管齊下，不論哪路得手，瓶山古墓中的寶貨就算到手了。

徵繳來的大量活雞，都給了陳瞎子使用，這些大公雞足能驅除墓中的毒蟲，漫山遍野的雞鳴，使得瓶山那些縫隙裡的毒霧毒蜃，都徹底消失隱匿了。大大小小的蜈蚣似乎也知道有剋星進山了，全藏在岩縫樹根的深處蟄伏不動，哪裡還敢吐納毒瘴？陳瞎子這一路人馬，當即忙碌著聞地鑿穴，開挖砲眼，按下不提。

單說那僅有的一隻怒晴雞，則由鷓鴣哨攜帶，除了另兩名搬山道人花靈和老洋人跟隨他之外，又有紅姑娘率領十幾名卸嶺盜眾相輔，準備停當，便轉向後山。山底一帶也並不是那麼輕易便去的，由山口到山底，全是重岩陡峭，根本無路可通，必須從陡峭的山巔輾轉下去。

從上到下，雖也有險徑可攀，但幾乎都是直上直下的峭壁危岩，膽小的往下看一眼都會覺得腿肚子轉筋。鷓鴣哨等搬山道人，都是藝高膽大之輩，紅姑娘帶的一幫弟兄，也都是常勝山裡的好手，利用蜈蚣掛山梯，在絕壁險徑上攀援而下，並不費吹灰之力。

鷓鴣哨看那蜈蚣掛山梯雖然構造簡單，卻是件獨具匠心的盜墓器械，作用極大，也不由得暗自佩服卸嶺群道傳下來的這套東西。

一行人如猿猱一般，攀藤掛梯，輕捷地下到山底，抬頭一望，瓶山的瓶肩和瓶口都綠森森地高懸在頭頂，在遠處看，除了山勢奇秀險峻，倒不會覺得有什麼可怕。真到了山底，才看出這座青石大山巍峨森嚴，千萬鈞巨岩就這麼斜斜地懸在半空，也不知已有幾千幾萬年了，這要是山體突然崩倒下來，身處下面的眾人都會被砸得粉身碎骨，連神仙也躲閃不開。群盜雖然膽大包天，可眼見這大山險狀委實可怖，呼吸也不禁變得粗重起來。

再往前走出幾步，從山岩中滲出來的水滴就落在頭上，那水都冷得徹骨，眾人只得頂了斗笠、披上蓑衣、提著馬燈前行，還要不時撥開那些擋在面前的藤蘿，走得格外緩慢。頭頂山岩愈來愈低，四周陰森的潮氣格外沉重，令群盜覺得壓抑難當。

行出數百步，前邊就是一片山中雨水積下來形成的水潭，由於常年被陰水浸泡，地面都陷下去一塊，積水很深，水面滿是浮萍，被滴水激得漣漪串串，更有許多長藤垂在水裡。鷓鴣哨眼見這山底真是別有洞天，越發證實了先前的判斷，但此地幽深閉鎖，積水又深，想要繼續往裡走，只有攀藤過去，這等手段鷓鴣哨自是能施展出來，可其餘的人卻未必能行，難不成在這刺骨陰寒的水裡游過去？想到此處，不禁眉頭微微一蹙。

紅姑娘看出他的意思，就讓手下把蜈蚣掛山梯拼成網狀，竹筒中空，浮力極大，正可做為渡水的竹筏使用。

鷓鴣哨點頭稱善，當即踏上竹梯拼成的筏子，挑起馬燈照明，看清了方向，便命眾人划水向前，三艘筏子逕向水潭中心駛去。

在水面堪堪行到一半，紅姑娘就在竹筏子前邊，聽得前邊的黑暗中似有無數蠕動之物，她雖然也是目力極好的人，卻不及陳瞎子生來就有奇遇，在古墓中開了夜眼，在這麼黑的地方就看不太真切了。

她親眼見過這瓶山裡潛養成形的毒物，料得前方有異，急忙摸出三支飛刀，全神貫注地盯著前面，一旦有什麼東西出來，先用月亮門的手段釘牠幾刀再說。

鷓鴣哨也早已察覺，但他卻是經驗老道，仔細用耳音加以分辨，隨著竹筏向前行駛，前邊的動靜愈來愈大，似是群鼠在互相嘶咬，密密麻麻的也聽不出數量多少，他心中猛一閃念，叫聲：「伏低！」急忙按著身邊的花靈就勢趴在竹筏子上。

紅姑娘等人聞聲一愣，也趕緊伏下身子，這時就聽轟隆隆一陣亂響，從前邊的岩壁裡飛出無數蝙蝠，猶如一股黑色的龍捲風，在狹窄的岩壁和水面之間，向外邊飛去。由於數量實在太多了，而且是受驚飛出，有許多竟被同伴擠得跌進水裡，或是一頭撞在石壁和藤條上，發出陣陣悲慘的嘶鳴，在山底反覆迴盪不絕。

竹筏子上有一名卸嶺盜夥反應稍慢，竟被無數蝙蝠裹住，蝙蝠並非有意傷人，而是受驚後撞到什麼就下意識地咬上一口以求自保，爪子也十分尖銳，掛上一下就能帶落一大塊皮肉下來，哪容得那人抵擋掙扎？頃刻間身上的皮肉就被撕沒了，剩下血肉模糊一副骨架掉進水裡，他死前的慘叫聲兀自在岩壁上回響著。

鷓鴣哨也沒料到山底的岩縫裡，竟會藏了這麼多蝙蝠，他是人急生智，連忙用力一拍雞籠，裡面的怒晴雞頓時一聲啼鳴，聲音響徹了水面，雄雞唱曉本就是天地間陰陽分割的徵兆，而蝙蝠只在夜晚出沒，物性天然相剋，怒晴雞又不是凡物，果然把大群蝙蝠驚得四散逃開，再不敢從竹筏子上面經過，不消片刻就散了個一乾二淨。

群盜見剛進山就折了一個弟兄，都有慄慄自危之感，覺得這出師不利的兆頭可不太好。這些人過慣了刀頭舔血的日子，生死之事早就見得多了，盜墓時死幾個人更是不足為奇，可那同夥剛才的死狀實在太慘，不得不讓人毛骨悚然。

好在大群蝙蝠來得快、去得更快，而且山底的水潭也很快到了盡頭，瓶山在這裡插入大地，底部都是亂石，最窄處已經無法接近，站直身子一抬頭，就會碰到上邊冷冰冰的岩石。

眾人跟著鷓鴣哨從竹筏子上下來，猛聽前邊有窸窣窸窣的喝水聲，心覺奇怪，挑燈照了照左右，都不禁「咦」了一聲。

在昏黃的燈光下，只見山根裡有十幾個土堆，是片一個緊挨一個的墳堆，大都水淋泥落，使得墳中棺材半露。其中有口顯眼的白茬兒棺材，棺頂滲出一大灘腥臭的汙血，一隻小貍子正伏在棺蓋上，貪婪地伸著舌頭狂舔那片黑血。

# 第二十五章 分山掘子甲

那隻狸子只顧趴在棺上舔血，神情極是貪婪，竟對外邊來了一夥人全然不知。鷓鴣哨前不久曾帶著另外兩個搬山道人，在古狸碑除了利用圓光術吃人腸子的「白老太太」，瓶山附近山陰水冷，狸子並不常見，不承想在山根裡又撞見一隻，看牠的毛色和那一副奸邪神態，就知是古狸碑那老狸子的重子重孫。

這種事情不用鷓鴣哨動手，他師弟色目鬈髮的老洋人便搶上一步，用鐵鉗般的大手捏住了那狸子，拎到師兄面前聽候發落。

那狸子如夢初醒，嘴邊還掛著棺裡滲出的黑血，牠頗通人性，似乎也能看出搬山卸嶺群盜身上殺氣騰騰，知道是大難臨頭，頓時驚得體如篩糠、屎尿齊流。

紅姑娘在旁看得莫名其妙，她是半路出家進了常勝山入夥，對那些盜墓掘塚的事情還是外行，此時見山陰裡有片亂墳棺木，又有隻賊眉鼠眼的狸子不知在做什麼勾當，忍不住出言相詢。

鷓鴣哨卻沒作答，只對她和身後的群盜一擺手，帶他們走進山根裡的一片墳丘，這是瓶山陷入地面之處，身在其中不能直起腰來，眾人只好貓著腰舉燈鑽到最狹窄的地方，那口滲出汙血的白茬棺材就近在眼前了。

群盜只聞得裡面腥臭撲鼻，趕忙用黑紗遮罩面，遮住了口鼻，猜測棺材裡八成是藏有腐屍，但鷓鴣哨覺得這口沒刷漆的棺木，並不像是普通棺材。凡是大型古墓和宮殿道觀一類的所在，必定生氣充沛，可山脈泥土都有陰陽兩面，山根裡陰寒潮溼，千百年前的木棺看上去卻如嶄新一般，饒是他見多識廣，也不知這裡有什麼古怪。

鷓鴣哨也是藝高人膽大，無論碰上什麼異事，都必定要窮究其祕，他用指節在棺上敲了兩敲，鏗然有聲，棺板的木料算得是上乘貨色，但也絕不是什麼罕見的棺木。棺板縫隙裡都是黏滑的汙血，聞起來如同死魚被曝曬後發出的腥臭。

鷓鴣哨見外邊看不出什麼名堂，就讓幾名卸嶺盜眾上前破棺。那些人都得了陳瞎子的吩咐，對鷓鴣哨就如同對常勝山舵把子一般言聽計從，當即領了個喏，拎著長斧上前。

盜墓倒斗之類的勾當，都離不開的一個重要環節就是「開棺」。摸金校尉開棺都是用探陰爪和黑摺子，以「撬」和「拔」為主，所以稱「升棺發材」；而卸嶺盜墓，開棺的時候習慣用開山斧，以「砸」和「劈」為主，可是山根之下空間太窄，並沒辦法劈棺，只見那三名盜夥橫揮長斧，幾斧頭下去，就把棺材撬破了一個大窟窿。

群盜又用斧子將窟窿擴大，把那一口完整的棺木徹底卸了開來，提燈照去，只見棺中並沒有屍體，只有滿滿的一堆肉蕈，不停淌著黑色的汁液，氣味、顏色都和腐屍一般。

鷓鴣哨見此情形，心中已經了然，趕緊命人點根火把，將這些肉蕈都焚化了，原來那白茬棺材不是裝死屍的棺木，而是丹宮裡的盛放肉蕈的木奩。宋時煉丹化汞之術，已與秦漢時多有不同，相比前朝更加精細，講求個「死汞為銀，鉛鐵為金，藥草成引，合而為丹」，燒丹的丹頭，常會用到罕見稀有的靈芝、九龍盤、肉蕈、太歲之物，不過肉蕈被採出來後，放置在平常的環境裡難以保存，很快就會乾枯失去藥性，保存的辦法只有裝在木奩裡，藏在山陰溼冷的地方。

那些墳丘般的土堆，都是埋藏木奩的，也不知是被貍子刨出來的，還是被泥水侵蝕才使棺材般的木奩暴露出來，奩中肉蕈在山陰裡仍然生長不息，但埋的年頭太久了，已難入藥，卻引得這貍子來舔它滲出來的汁水。

鷓鴣哨看了看被老洋人擒住的貍子，罵道：「這些畜牲實際上和那些妄想成仙的人一樣，都打算吞丹服藥以求長生不死，古人在瓶山仙宮裡的丹頭未能煉成，剩下的丹料藥材卻成全了牠們，再任其胡作非為，早晚要成禍害。」

紅姑娘也聽陳瞎子講過古貍碑鬧妖的事情，對此頗為擔心，便問鷓鴣哨道：「既然如此，是否現在讓弟兄們動手宰了這貍子？」

鷓鴣哨平生殺人如麻，凡是那些狼心狗行之徒，或是非分奸佞之輩，只要被他撞見的，絕不肯手下留情，殺個活人便如同掐死個虱子一般尋常，何況是隻貪圖丹藥、心懷非分的貍子？

但他習慣獨來獨往，只因搬山道人日趨沒落，族人中懂搬山術的愈來愈少，這才將花靈和老洋人帶在身邊，讓他們跟著自己學些真實的本領，以防他萬一在盜墓的時候有所不測，流傳千年的搬山分甲術也不致就此絕了。鷓鴣哨不想在師弟、師妹面前輕易殺生，天下是非本就難分，殺與不殺也只是在一念之間，免得將他們引上殺業過重的邪路。

此時鷓鴣哨聽紅姑娘問是不是要當即宰了這貍子，便搖頭道：「權且留這廝一時半刻，等會兒咱們拿牠還有用處。」

群盜不知鷓鴣哨抓了這隻貍子還要做什麼，但也不敢多問，只好按照他的吩咐，先把那些木奩肉蕈挖出來毀了，然後趁著火頭點了火把，將馬燈暫時熄了，各自散在山根下的縫隙裡，尋找可以挖掘盜洞的位置。

按照陳瞎子那套「聽風聽雷」的絕活，這瓶山裡的古墓，和修在山峰上的道教仙宮沒什麼區別，只不過是利用瓶山內部的岩洞，把仙宮修築在了山腹裡，也是階梯形的逐漸向上，順著瓶山歪斜的走勢，山腹裡是一個殿高過一個殿，大約有四、五層之高，規模甚是宏大。

在山腳地門處挖開的甕城，應該就是前殿的山門，所不好判斷的，就是墓主埋骨的陰宮和那些陪葬的明器，究竟是藏在了哪座殿裡？按搬山道人鷓鴣哨的設想，是從山根裡挖進去，從位置上估計，正好可以把盜洞挖到甕城後邊的大殿裡，不過山根裡土石雜亂，山隙又是幽深曲折，實在不知該從什麼地方下手。

鷓鴣哨在進來之前，也只是打算先探上一探，並無太大的把握，但臨頭一看，已知自已料中七、八成了。瓶山雖是塊整體的大青石，卻並非真正地無懈可擊，山陰裡的一些地方是土石參雜，倘若把山陽比喻成一面青石巨盾，像是刀槍不入的金鐘罩、鐵布衫，阻擋了一切想用外力挖掘古墓的盜墓賊，那山陰裡就是個空門虛位，是鐵布衫的罩門。天底下愈是規模龐大的東西，愈是容易有弱點可尋，百密必有一疏，山陰處石土混雜的破綻，恐怕連在此營造墓穴的元人都沒考慮到。

盜墓的各種手段五花八門，其實涉及到挖掘盜洞和穿槨破棺，雖然手藝不同，但其間也沒多大的分別，唯獨這尋藏找墓的手段，卻有千差萬別，高低之分極是懸殊。望聞問切的前三起，都是尋藏的方技，其中屬摸金校尉最厲害，搬山卸嶺對此也心服口服，那套「尋龍訣」和「分金定穴」的風水祕術，只有掛符的摸金校尉才能施展。

摸金校尉搜山剔澤尋找古塚，觀山形可知地宮深淺，望天星能辨棺槨方位，這都是其餘盜墓賊望塵莫及的本事。

但是所謂「寸有所長，尺有所短」，搬山道人也有自己的一套獨門辦法，鷓鴣哨見群盜尋了半天，用竹籤東邊戳戳、西面捅捅，在這到處滲水的陰溼環境中，卸嶺那套「觀泥痕認草色」的辦法已經行不通了。

盜墓的諸般手段裡，最有局限的，可以說就是看土辨泥之法，一旦到了沙漠或被水淹沒過的地方，這些辦法就不太靈驗。鷓鴣哨見狀便讓群盜停下，從老洋人手中接過那隻貍子，探手從懷中摸出一枚蜈蚣珠，這是前先陳瞎子和羅老歪挖出屍頭蠻時所獲之物，進山的時候給眾人分了一些，如果被毒蟲螫咬，可以用來拔毒，但卻不能接近口鼻。

鷓鴣哨掏出蜈蚣珠，在那貍子鼻前抹了幾抹，那貍子頓時一陣抽搐，兩眼翻白，鼻中點點滴滴地淌出血來，鷓鴣哨拎著牠在山縫裡來回滴血，花靈舉著根火把，幫他照亮，仔細觀看鮮血滴落在土石上的變化。

最後見到血水滴在一片硬土上，既不滲下也不流淌，反倒是被吸附在土層上一般打著轉，隨後才滲進土裡。看來這片土層接著瓶山裡的陰氣，與滾熱的鮮血微有排斥，但這變化也是極細微的，若不是經驗老道之輩，也絕對看不出來其中奧妙，此地已離埋著肉蕈的土堆很遠了，鷓鴣哨看得確鑿，點頭道：「是這地方了，打出盜洞，必能直透地宮。」

他確認無誤，這才讓花靈用藥給貍子止了血。那貍子可能也是「上輩子不修，這輩子倒楣」，偏巧撞在搬山道人手裡，不知流了多少鮮血出來，再遲些找到土層，全身的血水就被放淨了。

鷓鴣哨又用短刀挑斷了貍子頸後的一條妖筋，令牠這輩子別想再吐納修煉，也無法用障眼法殘害生靈，只能按照大自然的規律隨著萬物生滅，然後隨手把牠扔到一邊。「走罷，休再落到搬山道人手裡。」

那貍子如遇大赦，忍著斷筋放血之痛，頭也不敢回地鑽進岩縫裡逃了。紅姑娘和她手下的卸嶺盜眾見鷓鴣哨奇變百出，無不看得目瞪口呆，難道從那貍子滴血的土層裡挖盜洞進去，就可以切入古墓地宮了？這在他們眼中看來，這就如同「問」字訣上法的「卜穴」

之術，簡直是神乎其神，他們還以為搬山道人是用貍血巫卜，找出了挖掘盜洞的方位。

群盜摩拳擦掌，紛紛準備器械挖掘盜洞，紅姑娘見只有十幾個人，也不知這條盜洞深淺，怕是一時半會兒也挖不透，便想派兩個弟兄回去再調些人手來幫忙。

鷓鴣哨心想紅姑娘這月亮門裡出來的，不大懂倒斗的勾當，她不知若是憑著人多勢重，也就沒有搬山之術的名頭了，便說：「大可不必，諸位卸嶺好漢只管在旁歇息等候，且看搬山分甲術的手段……」說罷對老洋人和花靈一招手，「取分山掘子甲！」

群盜一聽都是一愣，想不到今天有機會見識搬山祕術，盜墓倒斗的誰人沒聽過搬山分甲之術？但以前搬山道人從不與外人往來，所以幾乎沒人親眼見過分山掘子甲，眾人都是做倒斗這行當的，如何能不好奇？當即人人凝神、個個屏息，眼也不眨地盯著三個搬山道人手底一舉一動。

只見花靈和老洋人從背後卸下竹簍，竹簍上面蓋著蠟染的花布，裡面沉甸甸的像是裝了許多東西。花靈取出藥餅捻碎了撒在竹簍上，也不知那藥餅是什麼成分，她隨手一抖，就忽然冒出一片塵煙，就聽那竹簍裡有東西蠕動欲出，嘩啦啦的一片亂響，好似大片鐵甲葉子相互摩擦。

群盜大吃一驚，久聞分山掘子甲的大名，誰也沒想到這東西是活的。那「掘子」二字，乃是古代對工兵的一種稱呼，古時戰爭中常有攻城拔寨的戰法，遇到堅壁高壘的城池難以攻克，攻城部隊就會分兵挖掘地道陷城，而城內的守軍也要挖掘深溝，並在自中灌水埋石，以防被敵人從外邊挖透了城壁。執行這類任務的軍卒，大多是擅長挖土掘泥的短矮粗壯之輩，如地鼠般在土溝地道裡鑽來鑽去，也稱「掘子軍」或「掘子營」。

所以群盜先前都猜想分山掘子甲是一套銅甲，應該是古時挖土掘子軍所穿的特殊甲冑，有掏地用的鐵爪、鐵葉子，萬萬沒想到竟然會是活物。只聽那竹簍裡的聲音愈來愈大，忽然從裡面滾出兩隻全是甲葉的球狀物，著地滾了兩滾就伸展開來，竟是兩隻全身鱗甲的怪物。

那對怪物形如龍鼉、鯉魚，身上鱗片齊整如同古代盔甲，頭似錐，尾生角，四肢又短又粗，趾爪尖銳異常，搖首擺尾顯得精活生猛，稍一爬動，身上的鱗片就發出一陣鐵甲葉子般的響聲，身上還套了個銅環，環上刻有「穴陵」二字。

卸嶺盜眾裡大多數人都沒見過此物，驚詫之情見於顏色，紛紛向後退了兩步，只有三兩個老江湖還算識貨，一看之下認出是鯪鯉甲來。但看到那鏽跡斑爛的銅環，又不是普通的鯪鯉甲，猛然想起一件事物，禁不住驚呼一聲：「莫不是穿山穴陵甲？」

# 第二十六章　穴陵

那對穿山穴陵甲一大一小，好像始終在竹筐裡昏睡，直到此時爬在地上如夢初醒，晃動著身軀伸展肢體，聽牠們利爪刮地的聲音，就知道勁力精猛。群盜中多有不識的，擔心此物傷人，都不由自主地向後退了幾步。

此時花靈和老洋人並肩上前，揪住了穿山穴陵甲身上的銅環，將牠們牢牢按在地上，這雙長甲四足亂蹬，不停地掙扎，可是苦於被銅環鎖了穴位，縱有破石透山之力也難掙脫。

穿山穴陵甲乃是世間異物，雖然形貌酷似穿山鯪鯉甲，實際上兩者還是有很大的區別，在兩千多年前已有盜墓賊將鯪鯉甲加以馴服，通過餵其精食藥料，使牠的前肢格外發達，通過長期馴養，就可以做為盜墓的掘子利器，古稱穿山穴陵甲。

那時候的古墓，大多都是覆斗丘鐘形封土，即便裡邊沒有地宮冥殿，內部也大多是木槨，用層層木料搭砌成「黃腸題湊」的形勢，完全使用墓磚的不多，也很少有以山為藏的大型山陵，普通的墳丘夯土，根本擋不住穿山穴陵甲的利爪。

後來的墓葬逐漸吸取防盜經驗，石料是愈來愈大，而且堅厚程度也隨之增加，縫隙處還要熔化銅鐵汁水澆灌，使穿山穴陵甲逐漸失去了用武之地，但對於湘黔山區陰冷潮溼地域的普通墳墓，還是可以派上極大用場。這唐代就已失傳的穿山穴陵甲古術，在當今世上，只有搬山道人還會挐使，始終是搬山術裡的絕祕法門。

搬山道人並不用摸金卸嶺的「切穴」之法，摸金校尉仗著分金定穴的準確無誤，習慣用旋風鏟打盜洞；卸嶺群盜人多勢重眾，再大的封土堆也架不住他們亂挖；而搬山道人則經常使用分山掘子甲來挖盜洞，歷來號稱「三釘四甲」，這穿山穴陵甲僅是四甲之一，離了湘、黔、兩粵，此術就施展不得，但他們善能因地制宜，還可使用另外的分山掘子甲，這些都是屬於搬山倒斗的「切」字訣。

鷓鴣哨命花靈取出幾個竹筒來，裡面裝得滿滿的都是紅頭大螞蟻，能有數斤之重，先餵那兩隻穿山穴陵甲吃個半飽，就將牠們拖到山根裡，用藥餌搗在剛才貍子滴血之處，推著牠們在那挖掘土石。

穿山穴陵甲這東西見山就鑽，尤其喜歡墳墓附近陰氣沉重的土壤岩石，只見那體型略小的頂在前面。牠軀體前弓，抖起一身厚甲，勾趾翻飛快得令人眼也花了，刨挖硬土就如同挖碎豆腐一般簡單，輕而易舉地穿山而入。

老洋人則拽住另外那隻體型碩大的穿山穴陵甲，在牠的銅環上繫了條鏈子，使其難以跟先前那隻一同鑽進山裡，這兩傢伙是「秤不離砣」，抓住一隻就不愁另一隻偏離方向，或是會在中途逃脫，只是放短了鏈子，故意急得那隻大的著地亂轉，把已經挖開的盜洞窟窿愈扒愈大。

卸嶺群盜雖也都是倒斗的老手，可哪曾見識過這種手段，看得瞠目結舌，原來這兩隻穿山穴陵甲體型有異，卻是分進合擊的絕配，一隻挖掘縱橫的盜洞，另外一隻擴大洞穴的直徑，而且挖土鑽山的速度之快，幾乎到了常人難以想像的地步，若不是親眼得見，怎想得到有此異術。

這條被穿山穴陵甲挖開的盜洞，洞寬大可容人蹲行，角度是平行於地面，直著從傾斜的山根裡橫切進去，離那甕城後面的地宮，距離也是不近，雖然雙甲神異精猛，可要想直透中宮，也著實需要花費一番工夫。

鷓鴣哨乘機盤腿坐在地上閉目養神，一旦雙甲穴透地宮，還指不定在這形勢奇絕的古墓裡遇到什麼危險，耳中只聽得山體中有隆隆的回響，料來卸嶺盜魁陳瞎子已率眾埋設砲藥開山，但鷓鴣哨心下清楚，瓶山山勢堅厚，土色藏納緊密，從山陽處炸石而入，絕不是一、兩天就能得手的。這對穿山穴陵甲若是不受什麼阻礙，大約在天黑之後，就能直抵古墓大藏，也不知墓中的丹丸珠散都是何物，但既已到此，急是急不得了，也只有搖櫓慢槳捉醉魚，靜待其變罷了，漸漸神遊物外，猶如高僧入定一般。

卸嶺群盜自是不敢打擾他，也就近坐在山根下歇息，紅姑娘這幾天常在鷓鴣哨身邊，眼見他機變百出、舉止瀟脫、言詞清爽，絕不似常勝山裡上至陳、羅，下至無數盜夥那般，要麼粗俗無禮，要麼便是一肚子稱王稱霸的野心，也只有嫁了他這等人物才不枉此一生，不禁有些後悔當年發誓終生不嫁，正是「夜來樓頭望明月，只有嫦娥不嫁人」。想到此處輕輕嘆了口氣，心中卻已打定了主意，將來就是天涯海角，好歹也要隨了他去，管什麼發過誓、賭過咒，不過也不知這搬山道人討沒討過老婆？

想到此處，紅姑娘就低聲去問鷓鴣哨的師妹花靈，但此事也不好直接打聽，只好兜個圈子，「小妹子，我看妳長得這麼如花似玉，今年可有十七、八了？將來誰娶了你真是他前世的福分，不知妳師兄替妳訂了親事沒有？」

花靈沒聽過這種規矩，奇道：「姊姊，我的婚事怎麼是我師兄來訂？我父母尚在，他們雖然臥病在床，可還……」

紅姑娘說：「我依理而言，既然令尊、令堂身子不適，那這種大事理應是做師兄的應該操心，男大當婚，女大當嫁，有道是……蘿蔔拔了地頭寬，妹子嫁了哥省心，不過看妳師兄那人整天眉頭不展，好像心事很重，也不知他有沒有替妳著想過這些事宜，他……他自己可曾婚娶？應該也沒顧得上吧？」

花靈才剛十七歲，又很少同外人接觸，哪裡明白紅姑娘的意思，只是覺得她問的事情有些奇怪，然而卸嶺群盜中有許多都是風月場上的老手，耳朵尖的聽在耳中，多半已猜出紅姑娘的念頭，聽她七繞八繞地找那小姑娘打聽搬山道人有沒有討過老婆，不免暗中好笑，想不到這冰山美人也有動情的時候。

這事愈想愈是好笑，其中一名盜夥實在是忍不住了，竟笑出些許聲音來，被紅姑娘聽個真切，她心知壞了，剛才心急，竟沒想到山縫裡攏音，有什麼心腹的話也被那些人聽到了。

她惱起來反手就是一個耳光抽去，打掉了那名盜夥兩顆門牙，餘人知道這女子的厲害，她除了卸嶺盜魁之外，連羅老歪都敢打，常勝山底下的嘍囉們誰有膽子惹她？眾人趕緊繃起了臉，強裝出一副若無其事的表情來，氣氛顯得無比尷尬。

紅姑娘臉上發燒，正想找個地縫鑽進去，這時老洋人從盜洞裡鑽出來，兩隻穿山穴陵甲也被拽了出來，他報知鷓鴣哨：「已穴透了山陵，風生水起。」

「風生水起」是盜墓時常用的一句切口，「風」是指古墓裡空氣流通，沒有積鬱的陰晦之氣，這瓶山前邊的甕城獨立封閉，被做為了一處墟墓疑塚的陷阱，所以沒有山中毒蟲的蹤跡，穿山穴陵甲挖出的盜洞，正好切入甕城後面被封住的墓道裡；「水」是指財貨或冥器，有水就說明確實有冥殿地宮。

鷓鴣哨聞訊起身，當即就令眾人準備進盜洞。他自己把一盞馬燈綁在身上，看了看兩支德國造的鏡面匣子，子彈壓得滿滿的，又把一條黑紗蒙在臉上，只露出兩隻眼睛。其餘的眾人，也都各自收拾得緊趁俐落，拆了蜈蚣掛山梯分別攜帶，肅立在盜洞前聽候調遣。

鷓鴣哨見眾人齊備，就把那竹簍中的怒晴雞捧出來，只見那雄雞彩羽金介，牠似乎也能感覺到瓶山古墓裡藏著死敵，知道今日必定有場你死我活的血戰，當即昂首顧視、振翅怒啼，精神顯得格外振奮。

鷓鴣哨暗中點頭，他也不管那雄雞是否能懂人言，竟當眾對牠囑咐了一番。從金風寨山民家中的屠刀下救得這怒晴雞出來，有什麼本事都在今時今日施展出來，可別折了怒晴金雞的威名，也別辜負了搬山道人的救命之恩。

那十幾名卸嶺盜眾見了，也知這怒晴雞可以掃蕩墓中毒蟲蜈蚣，他們都親眼見過從深澗亂雲裡飛出的那條六翅蜈蚣，絕不是普通槍械能夠抵擋的，心想只要這隻大公雞能使群毒辟易，使搬山卸嶺盜了墓中珍寶，今後就是稱你一聲「雞爺」也是無妨，群盜的身家性命可全繫在你身上了。

鷓鴣哨隨即派出四人，其中兩個去瓶山上稟報陳瞎子，聽這山裡炸藥爆破之聲斷斷續續始終不絕，可能山上的工兵部隊還沒炸出什麼眉目來，既然山根裡打通了盜洞，便請陳瞎子帶人下來會合，另外兩個留在盜洞前負責聯絡。

其餘的人，都跟鷓鴣哨進去探墓，布置妥當，他就帶著眾人鑽入盜洞。群盜身上都帶著不少鐵釘，走出一段，就在盜洞牆壁上釘上兩枚，兩枚長釘相互交叉，再把簡易的皮燈籠架上一盞做為照明記認。

如此一路下去，但見這條透山盜洞，都被穿山穴陵甲挖得極是開闊平整，人鑽進去不用蹲下，貓腰躬身即可前行。群盜見洞中除了硬土，更有許多堅固的岩層，竟也都被雙甲穴透了，不由得暗暗咋舌，連讚穿山穴陵甲這種盜墓古術果然了得。

盜洞的長度，比鷓鴣哨先前估量的要短，可也足有數百步的距離，群盜小心翼翼地鑽洞攢行，許久才到盡頭。出來的地方恰好是個傾斜的坡道，坡道上鋪的石板已被推開了，舉著火把望四周一看，較低的地方被巨大的條石砌死，無隙可乘，順著坡道上去，高處都是龐大的青石砌頂。

石壁的縫隙裡，偶爾會有一、兩隻急速逃竄的蜈蚣之屬，物性有生剋，此物與怒晴雞勢成水火，見了只有逃命的分。整個山中的毒蟲本來在夜晚和幽暗之處都會吐吶毒蜃，但怒晴雞一聲啼鳴，這些毒蟲再沒一隻敢吐毒液，都沒命般地往山縫深處鑽，以求離這天敵愈遠愈好。

鷓鴣哨知道這座古墓裡機關埋伏眾多，也自不敢託大，順著闊擴的坡道緩緩前行，群盜扛著蜈蚣掛山梯擁在他左右跟隨。走出不遠，見岩壁上有塊極大的石碑，上面四個大字龍飛鳳舞，鷓鴣哨挑燈觀看，見是「紅塵倒影」四字，也不知是何所指。

待走到斜坡的盡頭，穿過一條浮雕雲龍石梁，眼前豁然一片燈光璀璨，在偌大一個山中洞穴裡，聳列著數座重簷歇山的大殿，殿宇高聳、樓閣嵯峨、飛簷斗拱密密排列，雕梁畫棟而又莊嚴肅穆，殿中殿外燈火通明，層層疊疊觀之不盡，映得金磚碧瓦格外輝煌。

洞內岩層中有石煙升騰，使燦如天河的宮殿裡香煙繚繞，透著一派難以形容的幽遠神祕，與洞天福地裡的人間仙境無異。但在山腹裡顯得格外陰森，又被雲煙籠罩著，看上去讓人感覺極不真實，縹縹緲緲的似是水中幻象，難怪會有「紅塵倒影」的碑文。

原來瓶山雖然堅固，但由於山體常年傾斜，致使山體有許多或大或小的縫隙，不過在外邊很難看出來。山腹中是塊風水寶地，生氣湧動不絕，藏在山裡的古物歷久如新，樓臺殿閣間的萬年燭、琉璃盞，完全按照星宮布局安置，繁而不亂，氣象嚴謹。

此地本是皇家藏丹煉藥所供奉的仙宮，自秦漢之際就開始經營建造，其中許多古蹟年代都不盡相同，但處處都有皇室氣象，那些琉璃盞內都是珍貴的千年燭、萬年燈，些許微弱的燈引就可以燃燒千年不滅，在時隔幾百年後，大部分燈燭依舊亮著，尤其是那些八寶琉璃盞，兀自被燭火照得流光溢彩。

群盜跟在鷓鴣哨身邊，見了這一片瓶中仙境般的宮闕，都不禁驚得呆了，看得雙眼發直。饒是他們胃口夠大，卻做夢也沒想到會有這麼大的冥殿，單是那些古老的燈盞就取之不盡了。

花靈出來搬山不到半年，也沒見過什麼世面，只覺那宮殿深處妖氣籠罩，心裡不禁有些發顫，拽住鷓鴣哨的胳膊躲在他身後。「師兄，前邊那千奇萬怪的去處……像是煉丹的道觀宮殿，怎麼會是藏死人的冥殿？」

鷓鴣哨十三歲開始跟著前代搬山道人盜墓，規模宏大的帝陵和諸侯王古墓也盜過，山陵裡的地宮雖然奢華壯麗，也絕無眼前這等仙境般的氣象，這簡直就是把一整座道教名山裡的建築全搬進了山洞裡，但這山裡陰氣沉重如同鬼宮，除了妖氣，哪有半點仙氣。

此時被花靈一問，鷓鴣哨便隨口答道：「服食求神仙？嘿嘿……不過是皇帝們的一場春夢，後來山河破碎，這仙宮金殿還不是被個元代的大將軍當了墳墓，我這就過去瞧瞧仙宮裡的湘西屍王……看看它究竟是三頭六臂，還是滿身的銅皮鐵甲。」

# 第二十七章　斗宮

搬山道人鷓鴣哨先前想去黔邊盜發夜郎王古墓，不料卻撲了一空，心裡正有些焦躁，如今見了瓶山古墓氣象萬千，猶如瓶中仙境，不知裡面都藏了些什麼前朝的祕器。他見獵心喜，不禁技癢起來，當即就要單槍匹馬到前邊的地宮中一探究竟。

卸嶺群盜和老洋人、花靈等人見他這就要動手發市，也趕緊各自抄起器械，要跟在他身邊同去倒斗，可剛一抬腳就發現前面的宮闕樓臺見有隱隱黑氣，殿頂抱柱之間像是有一股股的黑水在迅速流動，眾人當時都是一愣，不知那殿中有何古怪？有眼尖的看得真切，驚道不好，殿中有好多蜈蚣。

鷓鴣哨知道攜有怒晴雞在身邊，足能克制墓中毒物，但也僅能確保幾百步之內無憂，要是這十幾個人一同過去，自己孤掌難鳴，難免對眾人照顧不周，此時天色晚了，正是山裡蜈蚣吐毒的時辰，萬一叫那些毒蟲有隙可乘，必會折損人手。這瓶山中的宮殿實在太大，若想盜寶，只有先等陳瞎子帶大隊人馬過來將墓中毒蟲徹底除盡。

進瓶山盜墓不同鷓鴣哨以往的搬山倒斗經歷，一是搬山卸嶺起了一通盟約，要是不等常勝山的舵把子過來，就搶先動手，未免有負盟約，虧輸了義氣；二來眼下有十幾個弟兄跟在身邊，比不得以前獨自勾當，不可因為自己一時意氣用事讓他們冒險。

念及此處，鷓鴣哨只好耐下性子，仔細打量了一番山腹內的地形和建築結構，便和紅姑娘帶眾人撤出盜洞，留下些人手對穿山穴陵甲打出的盜洞進行加寬，為後邊的大隊人馬開道。

這瓶山周邊地形險要剝斷，派出兩名盜夥去聯絡山上的陳瞎子，這一來一往的過程，非是旦夕之間就可完成，鷓鴣哨索性就在山根裡找了塊乾燥平整的地方，躺下來倒頭大睡，養足了精神就跟群盜高談闊論，眾人豪性大發，各自說些個以往倒斗勾當的得意之事。

鷓鴣哨記得當年在陝西盜挖大唐司天陵宮的時候，曾結識了兩個陝西放羊的娃子，正好當時陳瞎子在晉陝兩省有生意，他就把這一對放羊的兄弟託付給了陳瞎子，此刻想起來就向群盜打聽那兩個兄弟現在如何了？

提起他們來，卸嶺群盜大為不屑，老羊皮和羊二蛋那兩小子，是人又窩囊、心眼又小，雖然跟著舵把子在常勝山插香頭入了夥，可也只能跑前跑後地辦點小事，上次倒斗時這兩塊料能嚇尿了褲，這回聽說來挖湘西屍王，這兩位便又四條腿一齊發軟，乾脆就沒讓他們跟來，真不知道舵把子當初怎麼會收了他們。

鷓鴣哨聽罷也是覺得好笑，那兩個放羊的娃子都是本分良民出身，違法的不做，犯歹的不吃，結果竟然半路上山插香做響馬，倒斗、造反、殺人、放火的勾當確是難為他們了，心想實在不行，將來就同陳瞎子說說，讓他們拔了香頭、金盆洗手，給筆錢財去做正經營生才是。

如此耐著性子等了多時，陳瞎子終於帶人來到山陰，同鷓鴣哨說起在山脊上炸了整整一天，沒炸出什麼名堂，既然山根裡打通了盜洞，正可率眾進去盜墓，當下一同進了盜洞觀看山腹裡的那座宮殿。

陳瞎子和羅老歪等人差不多也是頭一次見到如此雄偉的宮闕寶殿，皆是嘖嘖稱奇，更按捺不住心頭的狂喜。塵世上只有號稱真龍天子的皇帝老兒才能住宮殿，除此而外，僅有釋、道、儒三教的神聖可以擁有宮殿，大部分建造在神仙佛道的洞天福地裡。別看瓶山彈丸之地，可藏在山腹裡的丹宮，比起那些名山大川裡的佛道名勝宮殿來，也是有過之而無不及，真不愧是「紅塵倒影，太虛幻境」，其中寶貨必是取之不竭。

羅老歪用槍頂了頂帽簷，心喜之下覺得口乾舌燥，喜道：「陳老大，咱們還等什麼？讓兄弟上吧。」

陳瞎子上次險些被護陵的鬼軍射死在甕城裡，此刻卻是學了個乖，眼見地宮大得驚人，料定應該不是虛墓疑塚的陷阱，但仍是不敢輕舉妄動，不可急功近利再冒風險了，萬一有些毒龍伏火的機關埋伏，豈不又著了墓主人的道了？

他當即吩咐下去，先讓一百名工兵營的弟兄，帶著雞禽過去，把那一重重的殿閣大門洞開，要是沒有意外，再起大隊進去搜刮寶貨。另撥兩百名工兵，分頭在山根的積水淤泥裡架設竹橋，並且挖寬盜洞，準備往外運輸墓中寶貨。

而羅老歪瞎了隻眼，傷還沒好利索，陳瞎子就讓他帶重兵，架上機槍在山外守住路徑，以免盜墓的部隊半路譁變，另外還要伐條山道出來，以便帶騾馬過來馱東西。羅老歪恨不得親自動手去搬明器，但轉念一想，這回進山的部隊雖然都是心腹，可其中仍有不少見錢眼開的兵油子，對他們也是不得不防，於是按照舵把子的吩咐，自去後山調遣人馬。

陳瞎子和鷓鴣哨率眾觀望，只見前邊進去的百來個工兵，趕著成群的大公雞把山中殿宇的大門一座座砸開，驚得那些蜈蚣四處亂竄，一片混亂嘈雜之中，也並沒見到觸動到什麼機關。

陳瞎子心中暗喜，看來此番是勝券在握了，帶頭將黑紗蒙在臉上，遮住了口鼻。盜墓時以黑紗覆面這種傳統，是起源於響馬賊殺人放火做那瞞天的勾當之時，擔心被人見了面容洩漏身分，引得官兵前來緝拿。倒斗時則怕墓中怨魂窺視，只要不被識破了面目，就不用擔心回家後被鬼纏上。

群盜黑紗罩面、臂繫硃砂綾子，點了燈籠火把，扛著蜈蚣掛山梯，在首領的一聲招呼之下，數百人發聲吶喊，一齊趕著無數雞禽蜂擁而入。

這些天裡羅老歪的部隊在四處徵繳，把十里八鄉的雞禽搶了一空，又從湘陰收購來一大批，基本上都是公雞，有老有小，連半大的雞崽子也都給弄來了，但雞一多了，難免就有搞混的，其中也不知怎麼混進來一些母雞，此時在地宮裡一撒開來，便立刻有許多爭風吃醋的大公雞你鵮我啄，相互間打得鮮血淋漓，不過一碰到殿中的蜈蚣，就都直了眼去追逐爭食，雞爪子按住一條條大大小小的蜈蚣，活活啄死在地。

陳瞎子等卸嶺盜眾，見搬山填海之術果然非同小可，無不嘆服。此術雖不合五行之理，卻能利用世上萬物性質的生剋制化，驅趕雞禽將蜈蚣趕盡殺絕，總算是除了這一大患，如今那墓中寶貨，當真是取如坦途。

一時之間，那寂靜的地宮裡雞鳴四起，到處都是追趕蜈蚣的雄雞，頃刻就有數千條蜈蚣死於非命，世上物種相剋，乃是上天造化，故稱「天敵」。普通的蜈蚣毒液發黑，但這瓶山古墓是處藥山，生存在裡面的大小蜈蚣毒液都是五彩斑斕，有些老蜈蚣身上更是彩氣變幻，被那些雞禽趕得走投無路，即便是面對天敵，雖然無法吐毒，卻也只好捨命相拚。接連不斷的惡鬥之中，有數十隻老弱病殘的雞禽猛性不足，也都被蜈蚣咬死，羽翎脫落橫屍就地，全身發黑，慢慢化為一灘血水。

瓶山地宮雖然燈火輝煌，但畢竟常年不見天日，陰氣極重，養得那些蜈蚣好生肥大，吞噬其他幾種毒蟲為食，使得其毒性格外猛烈，而且殿中蜈蚣實在太多，牠們初時被天敵追趕，只顧四下裡逃竄，但被雞群逼得實在緊了，竟做出困獸之鬥，紛紛從殿柱縫隙裡鑽了出來，三、四條蜈蚣合鬥一隻雄雞，數重大殿之間，遍地都布滿了死雞和死蜈蚣的屍骸，其餘活著的還都在紅著眼拚死纏鬥不休。

群盜都是殺人如麻的江洋大盜，那些工兵裡也有許多上過戰場的悍卒，但他們這輩子裡所見過的腥風血雨，似乎也不及眼前這場群雞和古墓蜈蚣間的惡鬥，那不是一隻、兩隻，也不是十隻、八隻，而是成千條蜈蚣和成千隻公雞血戰成一片，殺氣激盪，沖得燈燭火把一陣陣發暗。

那些公雞都是好鬥成性，可能牠們也是見了死敵就全身羽冠倒豎，非置對方於死地不可，而那些蜈蚣也都被追得急了，只要聽得雞叫，就算躲進岩縫裡也不得安生，只好豁出命去要和天敵同歸於盡。燈燭搖影下的劇鬥之中，雙方竟沒一隻後退半步，一時鬥了個難解難分。

群盜裡有些膽子小的，見了這陣勢都已面如土色，陳瞎子心道不妙，看著勢頭，蜈蚣和群雞還不知誰勝誰敗，早知道就再多帶些雄雞進山了。

鷓鴣哨也一直在旁觀望，他背的那隻怒晴雞，始終藏在竹簍裡不肯放出。那血冠金介的雄雞是雞中之鳳，不見到那快成精的六翅老蜈蚣顯形，絕不肯放牠出去廝殺，只是困在竹簍裡積攢牠的怒性。

那怒晴雞察覺到外邊群雞惡鬥蜈蚣，果然是躍躍欲試，要想出去啄他一個痛快，奈何被竹簍困住，急得不斷撞籠，作勢欲出。

但此刻鷓鴣哨見大群雞禽竟然無法占了上風，反倒被蜈蚣咬死毒殺的愈來愈多，只好用手狠狠一拍身後竹簍，裡面的怒晴雞正急得沒處豁，頓時振翅怒啼，高亢的金雞啼鳴穿籠罩在大殿四周，那些捨命惡戰的蜈蚣聽得這陣雞鳴，全被嚇得全身一顫，就好像忽然失了魂魄一般，紛紛行將就木，步足腳爪發麻，爬在殿柱和石壁上的，也都一頭栽了下來，被附近的雄雞趕上去啄死。

陳瞎子見強弱之勢登時逆轉，心頭一陣大喜，對鷓鴣哨讚道：「搬山之術名不虛傳，大事定矣！」說罷對身後數百名手下一招手，大呼叫道，「小的們……有想發財的，就跟爺爺並肩子上罷！」

近千名盜眾和工兵跟在舵把子身後，高舉火把分成幾路，猶如一條條流動的火龍，踏著大殿前的石階石橋，擁進第一重大殿之內，這裡大部分蜈蚣都已被除盡了，群雞被進來的盜眾向裡一趕，又都衝進後邊的殿閣裡繼續追殺剩餘毒蟲。

群盜各自拽出槍械，見有沒死絕的蜈蚣就補上一槍，或是用鏟撬砸牠個稀扁，雜亂的腳步和槍聲響徹山腹，蜂擁著一路進殿。瓶山中的丹宮是方士給歷代皇帝燒丹煉藥的所在，一座座殿閣依著傾斜的山勢，也是緩緩升高，有些地方是洞中有殿、殿中有洞，利用天然的地形地勢，營造得極是巧妙。

陳瞎子和鷓鴣哨等人提著刀槍，進了最外邊這道大殿，只見裡面也吊著八寶琉璃盞，還燃著的約有一半，火把燈盞照耀之下，殿中光影一派恍惚。這殿內只有一根朱漆抱柱，上面橫托十八道梁椽支撐，是古代宮殿建築中罕見的「一柱十八梁」，丹宮裡的主殿，則應該是有柱無梁，取仙法無量之意，喚作「無量殿」。

一柱十八梁的前殿裡，壁上多有神仙彩繪，鑲嵌著好多點綴用的珠寶玉石，被火光輝映，顯得異彩流光，看得群盜眼都直了，陳瞎子說：「如今天下大亂，世上哪有什麼正經營生？為了分贓聚義，百事可為，這就叫『遍地英雄起四方，有槍就是草頭王』，正是咱們常勝山該著興旺發跡的時候。吾輩幹的就是發掘古墓明器的勾當，既到了此間，更不必有所顧忌，看著值錢的都挖回去，半點也別留下。」

卸嶺盜眾可不像摸金校尉般在一座墓裡只取一、兩樣東西，還處處講究個進退之道。常勝山有十幾萬弟兄，明器拿少了還不夠給眾人塞牙縫的，既然舵把子發了話，底下這些群盜還有什麼可不好意思的，當即分出人手，拿鏟子去摳刮牆上的珠玉。

其實這座殿中真正值錢的寶貨，當初就已被元兵洗劫一空了，剩下的這些在當時看來都不算什麼，可時光推移，到了民國年間，幾百年前的這些古物也都是寶貝了，包括那些焚香的鶴形銅爐、及殿中柱上嵌著的鎦金裝飾，凡是能拆能卸的，全都被群盜敲下來取走，那些八寶琉璃盞則先留下照明，要等撤出去的時候再取。

盜眾裡有若干頭目，都是盜魁的心腹，也是倒斗的老手，由他們分頭指揮手下兄弟搬取金珠之物，雖雜不亂，倒是井然有序。

而陳瞎子和鷓鴣哨這兩位大當家的，自然不能被區區一座前殿裡的東西吸引住，他們沒怎麼停留，便又帶著大隊人馬，呼嘯聲中穿殿而過，直奔後面那片殿堂。一路走去，遍地都是死蜈蚣，即便已經死了，但數量之多恐怕都過萬了，看得眾人心頭好生發毛。

但人多勢眾格外壯膽，蜂擁而上，穿過數進殿堂之後，就已是在最高處的無量殿了。

那殿正處在一處岩洞之中，殿前是個寬闊的平臺，周圍有鏤空的漢白玉欄，後面就是山體內的暗青色岩石，將無量宮主殿之後的後殿封死，以宮殿結構推想，那後殿就是陳瞎子初探瓶山時從山縫裡下去的位置。

這些殿中都沒見到有墓主棺槨，料來必定是在面前這丹宮無量殿之中了。群盜想起湘西屍王的傳言，心中難免栗六，便把腳步都放慢了，緩緩簇擁著陳瞎子和鷓鴣哨走上殿前的平臺。

只見平臺上有數百隻全身鮮血淋淋的大公雞，正在圍鬥殘存的百十來條蜈蚣，旁邊剛好有座拱橋，橋下是深不見底的水潭，以前應該有噴泉湧出，從高處經過一處處亭廊流到山外，使丹宮裡增添了山水林泉的意境，可如今泉水早就乾涸了，只剩個空潭黑洞洞地陷在殿前的山坡上。

群盜正待上前，去結果了剩下來的大小蜈蚣，鷓鴣哨卻猛然察覺不對，忙於袖中一占，知有殺機在前，抬眼正看見有幾名盜夥走上橋頭，趕緊叫道：「快退！」

# 第二十八章 強敵

陳瞎子也已聽見枯潭深處似有異動，但他和鷓鴣哨出言示警的時候已經晚了，猛聽下面嘩啦啦一陣爆炒般的響聲，那條六翅蜈蚣已經順著石壁遊了上來。原來牠似乎感覺到有天敵進了瓶山，物性使然，驚得躲在深澗裡不敢稍動，不過眼看牠那些重子重孫都快被群雞趕盡殺絕了，忍無可忍之下，終於狂衝上無量殿前的石橋。

老洋人和花靈這兩個剛出道的搬山道人，剛好和幾名盜夥走在橋上，誰知那蜈蚣來得好快，別人想救他們也已來不及了，只見那六翅蜈蚣攀在橋下，鞠著身子猛地從橋欄上探將出來，黃褐色的腹下百爪皆動，猙獰已極。

群盜雖是有備而來，可事出突然，見那大蜈蚣驀地裡現身出來，竟連躲閃都忘了。老洋人和另外兩名盜夥，當場就被六翅蜈蚣捲落橋下，慘叫著摔死在枯潭底部的亂石之中。

淒厲的叫聲和骨頭摔碎的聲音從底下傳來，在宮殿洞穴間反覆迴盪，駭得群盜面色驟變。站在前排的群盜發一聲喊，想要舉槍射擊，進古墓的時候，槍裡的子彈就已經頂上膛了，這一排亂槍打過去，好歹也射牠幾個窟窿出來。

但鷓鴣哨見六翅蜈蚣爬在石橋側面，如果亂槍齊發，不但難以射殺那條大蜈蚣，反倒是橋上沒死的幾個倖存之人，包括花靈在內，都會成了牠的擋箭牌，此時萬萬不能胡亂開槍，他趕緊抬手撥開前排幾名盜夥的槍口，實是間不容髮，「啪啪啪」一排亂槍都貼著橋上幾人的腦瓜皮射了過去。

陳瞎子也急叫：「休得開槍傷了自家兄弟！」一群盜聽到首領招呼，這才硬生生將槍口壓下。有些膽量稍遜的工兵看明了情由，紛紛掉頭向外逃跑，混在群盜裡的手槍連專門負責射殺這些逃兵，當即就有幾個最先逃跑的被當場擊斃，人群中頓時一陣大亂。

鷓鴣哨見老洋人就這麼不明不白地死了，心中又急又恨，抬手推開擋在身邊的幾個人，搶步上了橋頭，想把師妹花靈從橋上救回來，可就在與此同時，就見那六翅蜈蚣倏然間在石橋下竄了上來，兩隻顎足攫住花靈，振動六翅百足，拖著她遊上無量殿的重簷大頂。

那蜈蚣動作快得難以想像，哪容人有絲毫反抗躲閃的餘地，紅姑娘也是救人心切，當即便是幾枚袖箭脫手而出。可那蜈蚣碩大的身軀進退之際快逾閃電，黑影在殿前一閃，那幾枝袖箭雖然準頭奇佳，勢勁力足，卻竟然慢了一瞬，全都釘在了大殿的門柱之上，連蜈蚣的影子都沒碰到分毫。

鷓鴣哨見花靈生死不知，哪還顧得上細想，他也是仗著身手矯健，劈手從旁邊的人手裡奪過一架蜈蚣掛山梯，勾住殿角歇山頂的窗脊，三躥兩縱之際，就跟著六翅大蜈蚣前後腳上了殿頂。

鷓鴣哨腳下踏著溜滑的長瓦，只聽前邊嘩啦啦磚瓦撞擊，抬眼一看，原來那蜈蚣伸展百足，把殿頂上鋪的琉璃瓦蹬撓得紛紛滑落，牠爬行的速度也頓時緩了下來。

殿下的群盜在陳瞎子的帶領下穩住陣腳，舉著槍對著殿頂瞄準，但一來鷓鴣哨也在房上，二來蜈蚣伏在殿頂重簷垂脊之間，暴露出來的部分很少，一時之間，誰也不敢輕易開槍。忽聽亂瓦響動，眾人急忙向後退開，幾十片滑下來的大瓦片，劈里啪啦落了一地。

群盜見那六翅蜈蚣聲勢非凡，簡直就是已經成了精了，可搬山道人鷓鴣哨竟敢上殿追趕，當真是不要命了。許多人愛惜他的人才，都替鷓鴣哨捏了把汗，紛紛呼喊，讓他趕緊退下來，千緊萬緊，畢竟都不如身家性命要緊。

可鷓鴣哨做慣了迎風搏浪的勾當，視千難萬險如同無物，哪裡肯聽那些卸嶺盜眾的話。他閃身形避開從上邊滑落的瓦片，在殿頂兜個圈子，迂迴到了蜈蚣身邊，只見那六翅蜈蚣用顎足抱住花靈，饞涎流了滿口。

鷓鴣哨見狀立刻省悟，這蜈蚣常年盤據在藥山之中，最喜那些煉丹的奇花異草奇味，而花靈自幼就在山中採藥，常和藥石芝草等物做伴，所以六翅蜈蚣才要掠了她去，打算拖回巢穴慢慢吞噬。

這念頭在鷓鴣哨腦中一轉，他身子卻不曾停下，趁著蜈蚣在殿頂琉璃瓦上立足不穩之際，便欺身上前，探手從蜈蚣頭前奪過花靈，抱著她便順簷頂斜面滾落下去。

那蜈蚣正想從殿頂躥到洞壁上去，抓著花靈的顎足稍稍鬆脫了些，哪想得到竟有人跟得如此之近，一閃之間就把到嘴的活人奪去了。牠本就被逼得狂怒暴燥，豈肯甘休？當即掉頭擺尾，琉璃瓦的亂響聲中騰空而起，追著鷓鴣哨猛撲下來。

卸嶺群盜在下面看得真切，只見鷓鴣哨抱著花靈順殿頂滑了下來，而那蜈蚣猛然抖翅追趕，勢頭之猛如同雷霆萬鈞，都驚得張大了嘴，同聲大叫不好，所有人的心都懸到了嗓子眼。

鷓鴣哨聽得身後風聲不善，已知萬難躲避，只好想辦法擋其鋒芒。他腰眼發力，抱住花靈猛一轉身，後背貼在殿頂打了個轉，順勢滑到大殿翹起的一角斜脊上，就此停下身來，兩支德國造已抄在手中。

殿底下仰著脖子觀看的群盜只覺眼前一花，誰也沒看清他是如何在殿頂轉身拔槍，又是如何撥開機頭的，看清楚的時候，槍聲就已響起。

鷓鴣哨手中的兩支鏡面匣子都撥到了快機上，一扣槍機，雙槍裡壓得滿滿的四十發子彈，便如同兩串激射而出的流星，電光石火一閃，全打在了隨後撲至的六翅蜈蚣口中。

那六翅蜈蚣撲下來的勢頭頓時止住，牠每中一彈，就被毛瑟槍強大的貫擊射得向後一挫，中了第一槍就躲不開第二槍，四十發子彈一發也沒浪費，在身上穿了四十個窟窿，裡面都湧出白色濃稠的汁液，重傷之下，翻身落在了殿頂的橫脊上，疼得拚命掙扎扭動，攪得瓦片唏哩嘩啦地亂響。

這一切發生得非常之快，殿下的盜眾甚至還沒來得及搭起竹梯上去相助，殿頂上便已鬥到了分際。群盜都在下面看得目瞪口呆，直到槍聲響過，這才如雷般轟然喝采，那搬山道人鷓鴣哨果然是個有大手段的人，可不等喝采聲落下，就見那蜈蚣一扭怪軀，鞠身甩出又在半空裡躥了下來。牠突然捲土重來，那四十發子彈竟沒能要了牠的性命。

鷓鴣哨雙槍子彈射盡，尚且來不及更換彈匣，就急著去看花靈的傷勢，只見她身上被蜈蚣顎足戳穿了幾個窟窿，鮮血汩汩流淌，面如金紙一般，真是「身同五鼓銜山月，命似三更油燈盡」，進氣少、出氣多，眼見是香消玉殞救不活了。想不到這一眨眼的工夫，世上最後的三個搬山道人，就剩下鷓鴣哨自己一個了，他在一瞬間心中空落落的，完全忘了身在何方。

忽聽群盜在殿下一陣鼓噪，紛紛大叫不好，鷓鴣哨猛然醒過神來，見那六翅蜈蚣正從半空撲至，頓時紅了雙眼、咬碎牙關，心中全是殺機。剛才始終未能騰出手來扯開竹簍放出怒晴雞，此時腦門子青筋直蹦，著地一撐也從琉璃瓦上縱身躍起，罵道：「好孽畜，接法寶罷！」

斷喝聲中，他已扯掉竹簍封口，飛腳將竹簍迎頭踢向那條大蜈蚣，竹簍破風飛出，裡面的怒晴雞早就察覺到了外邊正有牠的死敵，藉勢從中躍出，抖動紅冠彩羽，正落在六翅蜈蚣的頭頂上。

那蜈蚣本已受傷極重，仗著一股怒性還想暴起傷人，可突然見到一隻彩羽金爪的雄雞迎頭飛來，正是牠的天敵剋星，頓時魂飛魄散，急忙低甩頭閃躲。

怒睛雞哪容牠閃展騰挪，雖在蜈蚣頭上落足不穩，仍是一通「金雞亂點頭」，猛啄了牠十幾口。這時那蜈蚣突然騰躍起來，怒睛雞紅了眼只顧置對方於死地，被那蜈蚣身軀猛地一抖，便從牠頭頂滑落，雞足金爪深深抓進蜈蚣殼裡，正在牠背翅之處停下，金雞怒啼聲中，早把蜈蚣背上的一條透明翅膀扯斷下來。

鷓鴣哨眼見一團彩氣和一團黑霧在殿頂纏在一處，鬥得難解難分，不時有雄雞身上的五彩羽翎和蜈蚣的斷翅斷足，從天空散落下來。他心知怒睛雞雖然不是凡物，可那蜈蚣也是在藥山裡潛養多年，幾乎就要形煉得大道圓滿了，此刻雖然為天敵所制，不敢噴吐毒霧，但牠生命力似乎格外頑強，要真想斃了牠也絕沒那麼簡單。這也就是現在撞見了，再過個十幾年，恐怕天下再無一物能夠傷牠分毫，如果讓牠就此脫身逃走，將來必成大患。

於是鷓鴣哨決心盡快除掉這個妖物，以免夜長夢多走脫了牠。他立刻給兩支二十響重新裝上彈匣，縱身接近殿頂的橫脊，想要和怒睛雞兩下夾攻，一舉宰了這六翅蜈蚣，這邊陳瞎子也率人架了竹梯往殿頂攀來。

但這時那六翅蜈蚣垂死掙扎，竟然在殿頂猛一翻身，將纏鬥在一處的怒睛雞甩了開去，牠自己也重重落下。這無量殿實際是座「無梁殿」，沒有一根承重的橫梁，全憑椽柱支撐，雖也是極為堅固，可終究比不得四梁八柱來得穩定。殿頂被這大蜈蚣連番捨命撞擊，早已經承受不住，最後被蜈蚣從上一砸，鬆脫的椽木和瓦片頓時陷落，無量殿的頂上塌了一個大洞。

鷓鴣哨正行到一半，腳下突然塌落下去，有道是「力從地起」，不管如何舉手投足的施展，也都是由地發力，他有多大本事也不可能淩空飛行，隨著轟隆一聲，鷓鴣哨連同那蜈蚣，都跟著斷椽亂瓦掉了下去。

鷓鴣哨忽覺腳下無根，眼前一黑，身子已落在殿內，不料殿內更有一口深井般的無底洞，直徑大得出奇，上邊有個玉蓋，落到上邊頓時砸了個對穿。周身奇疼徹骨，下墜的勢頭卻並未停止，隨著碎磚斷木繼續跌落下去。

也就是鷓鴣哨身手不凡，又是屢涉奇險、經驗老道，有臨危不亂的機變，雖然身上吃疼，心神未亂，下墜之中，忽見眼前亮光一閃，趕緊扔了手中槍械，伸手按將過去，在直上直下的絕壁上，不過是有一個小小的凹洞，竟被他用手扒住。他一身翻高頭的功夫，並不比卸嶺盜魁陳瞎子遜色分毫，手指上雖然磨脫了一塊皮肉，畢竟在半空中掛住了身子。

這時只聞頭頂上面轟隆幾聲悶響，又一陣沙石塵土紛紛落下，原來殿堂裡的幾根明柱也隨即倒落，把那殿內的深井井口壓了個嚴實，就算卸嶺群盜馬上開挖救人，一時三刻也挖不開這倒塌的丹宮無量殿。

鷓鴣哨深吸了一口氣，換隻手扒住壁上的凹槽，此刻身懸半空，也不知是到了什麼所在，忍著身上的疼痛，向四周看了看，原來自己正掛在一個巨大的井壁上。說是井也許並不準確，洞壁廣可十餘丈，倒像是一個巨大的垂直洞窟，四壁光滑平整，每隔一段距離，絕壁上就鑿有一個凹洞，不過不是用來給人攀登的，那些凹洞裡都有個金甲神人捧火的石燈，全是萬年不滅，皇帝的祖廟祖陵裡用的就是這種燈盞，裝有石燈的凹洞都是燈槽。

只見這大地洞裡，星星點點的滿壁皆是這種石燈，也數不盡有許多，鷓鴣哨就是拚死抓住了其中一個燈槽，才沒直接掉下去摔死。但石燈年頭久了，油料將枯，燈光格外地黯淡，望下看不到底，只有一層層恍恍惚惚的昏黃光暈。

鷓鴣哨單臂墜在井壁上，看清地形後調勻了呼吸，將腿腳稍一伸展，已知沒受什麼硬傷。他一身是膽，身臨險境也從容鎮定，望了望頭頂距離無量殿不遠，就打算攀著絕陡的峭壁回去。

正要行動，忽聽這深井裡嘩啦啦一陣蜈蚣遊走之聲，鷓鴣哨全身一凜，暗罵那廝的命果然夠硬，他剛扔了平時最得心應手的兩支鏡面匣子槍，那怒睛雞又被攔在了洞外，此時縱然有心殺賊也是無力回天，不禁暗暗叫苦。尋聲一望，只見那條六翅大蜈蚣，正繞著井壁盤旋而上奔著自己爬來。

那蜈蚣身具百足，天生就是爬壁的先鋒，身上雖然帶傷，速度卻仍是奇快，頃刻間就繞壁而上，不容鷓鴣哨再做準備，三轉兩轉就已到了近前，撓動的顎足和滿身傷痕都已清晰可見。

鷓鴣哨心知這回卻是自己被逼到絕路上來了，不是魚死就是網破，事到如今，只有搏浪一擊，當即大叫一聲：「來得好！」鬆開扒住燈槽的手指，在井壁上雙足一蹬，躲開了那蜈蚣猛竄過來的勢頭，清嘯聲中，他已縱身跳下深淵。

高寶書版集團
gobooks.com.tw

**DN 193**
**鬼吹燈Ⅱ之三：怒晴湘西（上卷）**
作　　者　天下霸唱
編　　輯　林俶萍
校　　對　林紓平、林俶萍
排　　版　趙小芳
封面設計　莊謹銘
企　　畫　陳宏瑄
出　　版　英屬維京群島商高寶國際有限公司台灣分公司
　　　　　Global Group Holdings, Ltd.
地　　址　台北市內湖區洲子街88號3樓
網　　址　gobooks.com.tw
電　　話　(02) 27992788
電　　郵　readers@gobooks.com.tw（讀者服務部）
　　　　　pr@gobooks.com.tw（公關諮詢部）
傳　　真　出版部　(02) 27990909　行銷部 (02) 27993088
郵政劃撥　19394552
戶　　名　英屬維京群島商高寶國際有限公司台灣分公司
發　　行　希代多媒體書版股份有限公司/Printed in Taiwan
初版日期　2015年 1月

原載網站：起点中文网，www.qidian.com

國家圖書館出版品預行編目(CIP)資料

鬼吹燈Ⅱ之三：怒晴湘西（上卷）／天下霸唱著
--初版. -- 臺北市 :高寶國際出版 :
希代多媒體發行, 2015.01
面；　公分. -- (戲非戲193)

ISBN 978-986-361-103-5(全套: 平裝)

857.7　　　　103025630